Weil es Alternativen gibt.
IMMER. JEDEN TAG.

Sich DAFÜR entscheiden
können wir ALLE.
Und zwar HEUTE!

Für Eva, Oli, Flo, Xavi und Lars

I.M. Michaud

7 Tage C.

Besuchen Sie uns im Internet:

www.bewusst-smarter.de/Balance-Concepts/

© 2021 I.M. Michaud

1.Auflage

Herausgeber: I.M. Michaud

Autor: I.M. Michaud

Umschlaggestaltung: Maud Padre

Lektorat, Korrektorat: Hanna Schuhmacher

Verlag & Druck: tredition GmbH, Halenreie 40-44, 22359 Hamburg

ISBN
Paperback	978-3-347-36793-7
Hardcover	978-3-347-36794-4
e-Book	978-3-347-39123-9

Bibliografische Information der Deutschen Nationalbibliothek:

Die Deutsche Nationalbibliothek verzeichnet diese Publikation in der Deutschen Nationalbibliografie; detaillierte bibliografische Daten sind im Internet über http://dnb.d-nb.de abrufbar.

Inhalt

Vorwort

Zutiefst von der Wucht der Pandemiekrise beeindruckt fühlte ich mich plötzlich dazu berufen, eine abgefahrene Vision der Zukunft zu erdenken und hoffe damit, meinen Leser*innen neue Impulse für die täglichen Prioritäten und Lebensweisen zu geben.

In jeder Krise lauert die Chance, den Neustart besser zu gestalten und die Richtung anzupassen. Dafür gilt es kurz innezuhalten, ehrlich eigene Verhaltensweisen zu hinterfragen und erste Schritte zur eigenen Transformation zu wagen.

Auch wenn es lediglich ein wenig divertiert, hoffe ich im tiefsten Herzen, dass ihr danach nicht gleich ins nächste Wettrennen übergeht (wenn die Zeichen auf Go wieder schalten oder ihr das Buch zuschlagt), sondern bewusst öfters auf Brücken geht - sei es um sie zu überqueren, darauf zu tanzen, den eigenen Lebensfluss zu reflektieren oder in sich nachzuhorchen, was nun wirklich sein darf.

In diesem Sinne wünsche ich gute Unterhaltung, nach dem Motto ‚weniger ist mehr‘. Starte durch! Balance Your Life! Es lohnt sich... Denn Ruhe, Bewusstheit und Vertrauen entfalten eine unendliche Schöpferkraft.☺

I.M.

Donnerstag – Consciousness

Collaborate – Compute – Converge
Concentrate – Cool down – Come together

Kurz nach sieben wird sie wach. Es ist zwar draußen zu dieser Jahreszeit noch dunkel aber sie fühlt sich nach ihrem tollen C-Tag gestern wunderbar. Sie bleibt noch ein paar Minuten liegen und visualisiert die Erlebnisse und die Gefühle, die sie heute zulassen möchte. Seit ihrer Kindheit ist es ein festes Ritual, das sie für keinen Preis missen würde. Diese Minuten, in denen sie schon die Geräusche der Welt wahrnimmt, sich aber noch in einer Art Energietunnel befindet, in dem ihr Körper und ihre Seele sich in einem vollkommenen Entspannungszustand für den Tag auftanken. Zwischen Schlaf und Wachsein wandelnd wird eine Art Floating-Zustand erreicht, wobei das innere Licht ihren präfrontalen Cortex mit voller Kraft anstrahlt, der diese warme Energie an all ihre Zellen weiterleitet: es sprudelt innere Sonne.

Nach dem Aufstehen schaltet C. ihr Armband in den Wachmodus um und geht sanft aber entschieden zu ihrer Morgenroutine über. Sie betritt ihre Übungsdecke am Balkonfenster wie immer zuerst mit dem linken Fuß und atmet bewusst tief ein. Das Zwielicht flutet langsam die Wohnung mit einem mystischen grau-blauen Licht. C. hat sich schon vor Jahren einige Übungsreihen zusammengestellt und bedient sich dieser nach Belieben und

Laune. Mal mehr, mal weniger Krafttraining, mal mehr, mal weniger Gymnastik-Übungen. Auf alle Fälle sind ein paar aus dem Yoga abgeleitete Bewegungen dabei, die ihre Muskeln dehnen, ihre Nerven entspannen und ihren Körper für die Aufgaben des Tages vorbereiten. Diese Gewohnheiten sind so fest verankert, dass sie ganz selten und nur aus triftigem Grund ohne sie in die Welt hinausgeht. Meist muss C. dann fasziniert feststellen, dass ihre Achtsamkeit an diesen Tagen darunter leidet. Manche Morgen genießt sie diese Zeit allein im Stillen - wie heute - während an anderen Tagen die Playlist sie begleitet, die ihr Herz in jenem Moment aussucht. Einmal in der Woche klickt sie sich in eine der vielen E-Morning-Routine-Gruppen ein, die es mittlerweile gibt und erfreut sich der Gesellschaft Gleichgesinnter, während sie das Kommando abgeben darf.

Diese E-Morning-Stunde ist mittlerweile sehr populär, denn die meisten Leute sind zur Erkenntnis gekommen, dass der Ausgleich von Körper und Seele stets mit körperlicher Aktivität und Beweglichkeit sowie mit Meditation und/oder Achtsamkeit zusammenhängt. Kaum einer kann sich noch vorstellen, wie so viele Menschen es Anfang des neuen Jahrtausends zunehmend vergessen haben konnten. Aber durch etliche Shutdown-Perioden wegen der weitreichendsten Pandemie der Menschheitsgeschichte hatten sich die meisten besonnen. Sie hatten plötzlich begonnen, ihre Schöpferkräfte wahrzunehmen und die Eigenverantwortung für ihr Leben mit vollem Bewusstsein wieder zu übernehmen. Als beim ersten Lockdown die Zeit plötzlich stillgestanden hatte, hatten sich alle Ausreden von heute auf morgen einfach erledigt.

Wichtige Termine, Besuche oder Zusammenkünfte hatten als Alibi für die eigene Untätigkeit allesamt nicht mehr gegolten. Damals, als viele Menschen in der Welt aufgrund ihrer anfänglichen Unvernunft, Wichtigtuerei beziehungsweise Selbstsucht zum ersten Mal für acht ganze Wochen hatten zuhause bleiben müssen. Fast zwei Jahre hatte sich dann das gebremste Leben hingezogen. Natürlich hatten die Regierungen zunächst viel zu langsam reagiert, aber als die Infektionszahlen immer weiter angestiegen waren, hatte trotzdem kaum einer auf irgendetwas verzichten wollen. Alle waren wichtig, alle waren in ständiger Bewegung, alle rannten Terminen und Waren hinterher, alle hatten immer etwas zu erledigen, jemanden zu treffen, irgendwas ganz Wichtiges zu erleben. Und alle dachten immer, dies alles sei alternativlos - bis alles einfach abgesagt, beziehungsweise abgesperrt oder zugemacht wurde. Kaum einer hatte sich freiwillig von Anfang an selbst limitieren wollen.

Und so war es mit voller Wucht gekommen, wie ein Schalter, den man umlegt, wenn der Point-of-no-return erreicht ist. Die Politik hatte es berechnend hingenommen, dass viele Menschen den Egoismus anderer mit ihrem Leben bezahlen mussten. In einer Zeit, in der die Welt sich immer schneller drehte, drohte jeder das richtige Maß aus den Augen zu verlieren. Viele waren dabei den Respekt für die Natur und die Anderen zu vergessen - wenn dies nicht schon lange geschehen war. Zwar hatte der Klimawandel einige Millionen Menschen ein Jahr lang auf die Straßen gebracht aber die anderen Milliarden machten einfach weiter. Es war wohl doch richtig gekommen: ein Weckruf, ein knackiger Schock, gepaart mit ein wenig Angst - und eine Welt, die von heute auf morgen einfach komplett stillgestanden hatte. Da hatten einige Menschen tatsächlich endlich Zeit gehabt, in ihrem Leben und ihren Häusern aufzuräumen. Sie hatten Zeit gehabt, sich und die eigene Lebensweise tief und ehrlich in Frage zu stellen. Während einige der Angst und Unsicherheit Liebe und Vertrauen entgegensetzten, erfuhren andere die Kreativität und Solidarität ihrer Mitmenschen. Dies half manchen aus ihrer Verzweiflung oder existenziellen Notsituation herauszufinden. Viele hatten die eigenen Exzesse und lebensverkürzenden Gewohnheiten nüchtern beleuchten oder gar dank verfeinertem Bewusstsein schlagartig ablegen dürfen. Vor allem aber waren die meisten schließlich dazu gekommen, sich endlich mit sich selbst und ihren Nächsten zu beschäftigen. Sie hatten realisiert, dass ein gesundes Leben im Einklang mit der Natur doch wertvoller war, als immer alles sofort zu haben. Sie hatten festgestellt, dass die Natur täglich wundervolle Erlebnisse bietet, wenn man nur Augen dafür hat und sich im Jetzt darauf einlässt. ‚Sein' war endlich wichtiger als ‚haben', Dankbarkeit und Demut wichtiger als Macht und Gier geworden. So war es gekommen, dass einige angefangen hatten, regelmäßig freiwillig Zeit für das Wohlergehen des eigenen Körpers, für die eigene Gelenkigkeit und Gesundheit zu investieren.

C. macht sich immer wieder bewusst, welches Glück es ist, in der heutigen ausgeglichenen und flexiblen Zeit zu leben und täglich Zeuge davon zu sein, wie die Menschheit aus der damaligen Krise ihre Lehre gezogen hat. Nach zwei vollen Gläsern klarem Wasser springt sie kurz unter die kalte Dusche. Wöchentlich mindestens zweimal kalt duschen bewirkt Wunder. Es stärkt die Abwehrkräfte, kurbelt die Durchblutung an und macht dadurch nebenbei hellwach. Der Musiksender läuft im Hintergrund, die Sonne steht gleich auf. Beim Frühstücken schaut sie kurz die Nachrichten auf dem Wandbildschirm durch, und ist dann bereit, in diesen Donnerstag durchzustarten. C. zieht sich hübsch, jedoch bequem an. Nachdem sie Wasserflasche und Rollscreen in ihrer Tasche verstaut hat, springt sie auf ihr E-Bike und düst Richtung Stadtzentrum. Sie kann sich ihre Zeit in ihren dreieinhalb Wochen hier in der Großstadt so zurechtlegen, wie sie es möchte. Die Balance muss aber am Ende stimmen - damit das Grundgeld verdoppelt wird.

Es ist ein einfaches Prinzip, das vor fast 15 Jahren eingeführt wurde und dessen monetärer Anreiz sogar die Undiszipliniertesten davon überzeugt hatte, in der Balance zu bleiben. Was seine Ursprünge in der sogenannten ‚Work-Life-Balance' der vorpandemischen Zeit hat, ist heute ein Rundumpaket, das für eine ausgeglichene Lebensweise in allen erdenklichen Bereichen und Ebenen steht. Die Leitsätze der Balance sind vielfältig verflochten und tiefgründig verankert. In der Balance leben und agieren darf jeder und alles - Firmen und Lieferketten, Städte und Staaten, Kinder, Jugendliche, Erwachsene und Senioren aller Herkunftsländer. Natürlich gibt es auch heutzutage immer noch Menschen, die Quantität vor Qualität preisen und weiterhin nur an sich denken. Ihnen ist es egal, wie und wann sie ableben und ob ihre Existenz Wertvolles erschafft. Doch die meisten achten freiwillig auf Gleichgewicht in ihrem Leben und würdigen die vielfältigen Vorteile einer ausbalancierten Umgebung. Ursprünglich haben sie sich der Gamification und finanziellen Motivation wegen in den Rahmen der Balance verschoben. Doch jetzt erfahren sie ihre Vorteile täglich am eigenen Wohlbefinden und tragen zur kollektiven Intelligenz und stetigen Weiterentwicklung der Gesellschaft mit Herz und Seele bei. Die Balance ist heute Teil einer jeden DNA.

Heute hat C. ein paar Termine zu ihren Lieblingsprojekten: das Vorantreiben des Wasserstoff-Einsatzes in den Bereichen Mobilität und Privathaushalten. Im Co-Working Zentrum des westlichen Viertels der Stadt wird sie später am Tag gleich zweimal Besuch bekommen. Zusammen mit einer Delegation des Mobilitätsgremiums werden sie gemütlich im Empfangssalon sitzen und genüsslich einen Cappuccino trinken, während sie auf dem Rollscreen die letzten Zahlen des Wasserstoff-Feldzugs anschauen. In der letzten Dekade hat die rasante Ausbreitung im Lastkraftverkehr sowohl für Erschwinglichkeit als auch sprunghafte Weiterentwicklung dieser Technologie gesorgt. Auf dieser Basis wird heute die Strategie für den Auftakt im Personenverkehr - als effizienter Herausforderer zur reinen batteriebetriebenen Mobilität - angepasst und die nächsten Schritte vereinbart. Zuvor findet jedoch die landesweite Abstimmungskonferenz der Eckpunkte für ihren morgigen Vortrag virtuell statt. Sie arbeitet gern im Co-Working Büro. Sie findet es abwechslungsreich, spannend und inspirierend und freut sich schon auf das Mittagessen mit ihren heutigen Sitznachbarn.

Was für eine Bereicherung, wenn man sich über die jeweiligen Spezialgebiete oder die tollsten Ausstellungen und Events der Stadt persönlich austauschen kann. Jedes Mal sind verschiedene Menschen anwesend, jeder wirkt in einem völlig anderen Bereich, doch alle sind Teil des Ganzen. In den Co-Working Räumlichkeiten findet man schnell Anschluss und lernt ganz einfach die verschiedensten Leute kennen. Zudem hat man stets Zugriff auf Spezialisten aller Art, die einem ungezwungen helfen oder gezielt jemanden weiterempfehlen können. Sehr oft entstehen aus diesen Bekanntschaften neue gemeinsame Ideen, die spannend in sogenannten ,Co-Creations´ münden. So unkompliziert funktioniert es heute, halb virtuell, halb persönlich, je nach Sinn und Bedarf und nach eigenem Ermessen, meist 20 Stunden die Woche, circa 3 Wochen im Monat - zugunsten der Gesellschaft. Jeder darf und soll sich seinen präferierten Themen und Bereichen annehmen. Es soll lediglich zur Verbesserung der gemeinschaftlichen Intelligenz beitragen und/oder der Wellness der Mitbürger zugutekommen. Manche ihrer Bekannten sind künstlerisch oder spirituell unterwegs, während andere sich als Entwickler, Forscher, Ingenieur, Trainer, Therapeut, Bäcker, Landwirt, Handwerker usw. engagieren. Alles spielt miteinander und ineinander, alles ergibt Sinn. Jede Individualität wird gefördert und gefordert, stets wertgeschätzt und in ihrer Einzigartigkeit uneingeschränkt - im Rahmen der Balance.

Das vegane Buffet des Co-Working Zentrums liebt sie über alles - so vielfältig das Angebot, so kreativ die Mischungen, so liebevoll die Details, so bunt die Auswahl, so appetitanregend die Zusammenstellung, so knackig das Gemüse, so frisch alles.

Das Ernährungsbewusstsein hat in den letzten zwei Dekaden einen bedeutenden Sprung gemacht. Vom Fast Food zum nahrhaften Essen, vom To-Go zurück zum rücksichtsvollen Miteinander, von billiger Menge zur wertvollen Vielfalt. Die jungen Leute wie C. konnten die Geschichten ihrer Eltern kaum glauben, als sie erzählten, wie zerfahren es damals zuging, als Burger und Pizzas die kulinarische Szene der Teenager beherrschten. Welch eine Zumutung für den eigenen Körper, welch eine Ignoranz der wissenschaftlichen Grundregeln einer ausgewogenen Ernährung, welch eine Missachtung der eigenen Verantwortung. Am Ende hatte die globale Pandemie doch etwas Gutes gebracht, als die Glocken der Veränderung für die meisten geläutet hatten. Sie hatten sich ein Herz gefasst und geschworen, dass kein Virus je wieder so viele Opfer fordern sollte - und dass keiner sich je wieder so einschüchtern lassen würde. Dafür hatte sich so einiges in den Gewohnheiten ändern müssen, auch in der Ernährung. Der Mensch war als Individuum zwar fähig, den Willen zu haben. Doch die Massenbewegung als soziale Motivation zur individuellen Verpflichtung war der entscheidende Faktor gewesen.

Heute war das Kurkuma-Gemüse fabelhaft lecker gewesen. Dabei war es im Gespräch um Kunst und Kultur gegangen. Daran mangelt es in der Stadt nicht und alle sind der Meinung, dass auch die neue Capital Lightshow gigantisch sei. C. hat die Absicht gefasst, morgen Abend da rein zu schnuppern. Bevor sie zu ihrem heutigen Platz zurückkehrt, biegt sie in die Meditationsecke ein. Dieser

Saal ist einmalig eingerichtet. Sie genießt es jedes Mal, auf einem der bequemen Ledersessel für eine kurze Auszeit Platz zu nehmen. Meditation ist seit einigen Jahren bei den meisten Teil des Alltags geworden, ein wichtiger Baustein im Balance-Lebensmodus. Sie nimmt Platz, nimmt ihre Haltung wahr und taucht peu-à-peu in die Zwischenwelt, wo der Atem und das Jetzt als Einzige eine Rolle spielen. Sie verliert jegliches Zeitgefühl... Sie entspannt vollkommen alle Körperteile, spürt wie die Energie durch sie fließt, während die winterliche Mittagssonne hinter der Scheibe ihr Gesicht wärmt und ihren Geist aufleben lässt...

Die Lebenshaltung der Balance lädt ein, sich regelmäßig kleine Ruhezeiten zu gönnen. Das bewusste Steuern der Aufmerksamkeit bei gleichzeitigem Herunterfahren des eigenen Körpers führt nachhaltig zu positiven - wissenschaftlich belegten - Effekten auf Kognition, Hirnfunktion, Affekt, Immunsystem und sogar Epigenetik. Die Wirkung solcher kurzen Auflade-Pausen ist einmalig: Körper, Geist und Seele werden im Nu belebt. Durch den ganzheitlichen Einklang, der dabei entsteht, schöpft man unglaubliche Kraft und Energie.

Wie passend, dass nun ihr wichtigster Termin des Tages auf der Agenda steht: Mit ihrem Arbeitskreis möchte sie an ihrer Präsentation feilen: nach ersten Einsätzen als Hauptheizsystem im Neubaubereich - stets gekoppelt mit Solaranlagen und Batteriespeichern - ist die Wasserstofftechnik nun auch für den breiten Einzug in die restlichen Privathaushalte reif. Moderne Nachrüstlösungen sind nachweislich einsatzbereit, die Ergebnisse der vielzähligen Tests übersichtlich und anspruchsvoll aufbereitet. Daran hat sie sogar in ihrer Freizeit gearbeitet, so begeistert ist sie über die unzähligen Möglichkeiten und positiven Auswirkungen - Schritt für Schritt wird alles sauberer, alles ruhiger.

Das merkt man vor allem in den Städten. Es ist so schön grün und entspannend ruhig. Seltene Vögeln haben sich wieder angesiedelt, Bäume und Grünflächen sind allgegenwärtig, entspannte und zufriedene Menschen fahren oder flanieren auf ihren Rädern. Sie kann sich überhaupt nicht mehr an den Rummel erinnern, als laute Autos und Busse noch in Innenstädten wuselten. Lediglich Bilder bezeugen noch vom einstigen Chaos und den Dauerstaus, die mit unterschwelliger Aggressivität einhergingen. Bald war aber der Lärmpegel, der damals herrschte weitgehend aus dem Gedächtnis gelöscht worden. Jeder erfreut sich heute der neuen Lebensqualität. Wer nicht radeln oder gehen will oder kann, bedient sich der selbstfahrenden Kleinbusse - natürlich elektrisch oder auf Wasserstoffbasis und wird gemütlich und kostenlos zum gewünschten Ziel befördert. Während der Reise kann man einfach die Seele baumeln lassen, die Menschen beobachten oder kurz das nächste Kapitel eines spannenden Buches lesen.

Die Zeit, die jeder Einzelne in den sogenannten Sozialen Netzwerken verbringt, hat sich um einiges reduziert, vor allem in der Balance-Community. Die meisten nutzen die Vernetzungsmöglichkeiten viel bewusster. Sie schätzen zwar nach wie vor den schnellen Zugang zu unabhängigen Informationen und den informellen Meinungsaustausch, legen aber den Fokus auf das Erweitern des eigenen Gesichtskreises. Aktionen und Kontakte dienen in erster Linie den persönlichen Zielen oder Projekten, der Bildung des eigenen Weltbilds und der Kommunikation mit Bekannten, Freunden oder Gleichgesinnten. Neidisches ‚Folgen‘, übertriebenes ‚Prahlen‘ und respektloses ‚Kommentieren‘ gelten eher als sinnloser Zeitvertreib, ja gar als Zeitverschwendung. Kommerzielle Meinungsmacher haben ohnehin den Großteil ihrer Anhänger verloren, seitdem Konsum nicht mehr so sexy ist. Zudem sorgt der clevere Check-the-Facts Algorithmus (CtF) stets für Klarheit, indem er einem in Sekunden alle Informationen und Fakten über ein bestimmtes Thema besorgt und so alle Widersprüche unverblümt darlegt.

Der Termin ist gut gelaufen. Erfreut über ihren Fortschritt verlässt C. kurz darauf das Co-Working Zentrum. Sie will sich aber heute nicht allzu lange im Zentrum aufhalten. Zum einen ist das Wetter zu der Jahreszeit zwar trocken aber schon sehr kühl, zum anderen hat sie ja noch einiges vor. So steuert sie bewusst aber entschlossen ihr Rad durch ruhige Gassen der Stadt und erreicht bald ihre Wohnung. Die Dauer der Rückfahrt war genau richtig, um abzuschalten. Daheim angekommen, gönnt sie sich zuerst einen wundersamen Kräutertee und geht noch schnell ihre Privatnachrichten durch. Der Abendtreff mit der Clique ist bestätigt, sie freut sich ungemein darauf. Nach der kurzen Pause möchte sie sich Zeit für den E-Kurs nehmen, den sie schon lang auf ihrer Zielliste hat. Sie will sich unbedingt noch einiges im Bereich Gesundheit aneignen. Als Kind hatte sie sich stets auf ihre Talente - Energie und Organisation, sowie auf ihre Herzensangelegenheiten, wie Schmuckbasteln und Sport fokussiert. Aber jetzt werden ihre vier EuroFlex Jahre nächsten Sommer zu Ende sein. Die vergangenen Jahre waren wirklich bereichernd und sie ist dafür unendlich dankbar - für all das, was sie in all den Städten erleben durfte. Doch C. hat vor zu entschleunigen und die Vorteile eines ländlicheren Lebens wiederzuentdecken, einfach noch näher an der Natur. Im Hinblick darauf, will sie sich den Nutzpflanzen und der Gesundheit näher annehmen und ihre Kenntnisse in diesen Bereichen erweitern.

Der Kurs befasst sich mit dem menschlichen Körper. Im heutigen Kursabschnitt geht es um die Funktionen von Leber und Darm und die Wichtigkeit, diese stets in ihrer Balance zu halten. Tipps und Tricks gehören genauso dazu wie eine Liste einiger Wundermittel aus der Natur. Welch ein Glück, dass sie in dieser Zeit lebt und solche Themen immer wieder nach Belieben und momentanem Interesse wählen darf. Eigenständig dirigiert sie ihre persönliche Entwicklung und wird auch noch dafür belohnt. Ihre Eltern hatten immer bemängelt, dass die Massenbildung von damals hauptsächlich einer systematischen Selektion für die Industrie gedient hatte und kaum ein Schüler ein Jahr später noch irgendetwas vom Unterrichtsstoff wusste, weil er hatte lernen müssen - aber nicht wirklich wollen.

Das gegenwärtige System basiert auf Individualisierung. Zwar hat der Bildungspakt auch feste Regeln und man darf die Aneignung seiner Kenntnisse immer wieder in der Praxis nachweisen. Doch durch die eigenständige Auswahl an Themen und die freie Zeiteinteilung macht das Lernen quasi immer Spaß. Nach dem Motto: Lernen fürs Leben - personalisiert, freiwillig, ein Leben lang. Überhaupt ist es bei ihr schon immer so gewesen: Sogar als sie zwischen sieben und 14 war, war die Schule schon flexibel gewesen. Ihre Generation hatte als erste von der Individualisierung des Unterrichtsstoffs profitiert. Die spannenden Abenteuerstunden in Kleingruppen mit der geliebten Lehrerin hatten sowohl Vertrauen und Sicherheit vermittelt als auch Neugier und Lernspaß geweckt. Die Entwicklungen in den familiären und gesellschaftlichen Strukturen hatten Selbstdisziplin aufleben lassen und Selbstmotivation zu einer täglich gelebten Realität gemacht. Mit einem vielfältigen Mix aus E-Lerninhalten, lebendigen Klassendiskussionen, Online-Videoinhalten, personalisierter Betreuung, spielerischen Wissens-Checks, Online Gruppenprojekten und örtlichen Diskussionsrunden, beziehungsweise durch Experten geleiteten Praxisstunden, hatte der Bildungsbereich sich selbst, infolge der vielen wiederholten Schließungen, revolutioniert. Durch gezielten Einsatz moderner Technologie war der Spagat zwischen Individualisierung, Disziplin und Begeisterung gelungen. Sogar ein ursprünglich so konservativer Bereich hatte diese Chance ergriffen und gleichzeitig den allgegenwärtigen Lehrermangel bewältigt.

C.'s Weiterbildungskurse laufen im Videoformat ab – immer in 70-Minuten-Blöcke. Danach hat man 20 bis 30 Minuten, um sich bei Bedarf Notizen oder einen digitalen Download zu machen, ein paar Sachen nachzuschlagen und/oder Fragen an den Spezialisten zu stellen. Nach dieser lehrreichen Stunde springt C. in ihre Sportklamotten, schaltet ihr Armband auf Joggen um und schaut, ob jemand in der Nähe sich auch gerade auf dem Weg macht. Diese Interessengruppen sind wirklich eine wunderbare Sache. Man kann in Echtzeit nach Aktivität und Lokalität abprüfen und spontan kleine Gruppen bilden, wenn einem danach ist und/oder es einem hilft, sich selber ein wenig herauszufordern. Gerade ist aber keiner startbereit. Sie springt auf die Straße, die App wird sie für heute genug herausfordern. Hinter ihrem momentanen Quartier liegt ein wunderschöner geräumig angelegter Park. Das macht das Rennen oder das Laufen bequem erreichbar. Alles ist schön beleuchtet und überwacht, was gerade für eine junge Frau gegen 17:00 Uhr an einem Novemberabend wichtig ist. Los geht's!

Das Joggen macht schon immer ihre Ideen klarer, rückt ihren Blutdruck zurecht und verstärkt ihre Gegenwartswahrnehmung. Danach ist ihre Laune immer bestens. Wieder daheim stellt sie die laufende Playlist von den Kopfhörern auf die Lautsprecher um und macht sich für den Abend bereit. Als sie warm und winterlich eingepackt aus dem Haus geht, hat der Wind ein wenig zugenommen. Glücklicherweise ist der Treffpunkt nach 15-minutigem Fußmarsch erreicht. Sie tritt ein. Alle sind schon da und begrüßen sie herzlich. Der Wuhan-Check ist mal wieder Mode. Die Clique ist über ihre Flex-Jahre ein wenig gewachsen und zählt je nach Woche und Jahreszeit fünf bis acht Leute, die alle grob in ihrer Altersgruppe sind - also der sogenannten Generation 00 angehörend. Heute sind drei junge Frauen (sie inklusive) und fünf junge Männer dabei, vier stammen aus der Gegend während die anderen vier die Stadt im EuroFlex-Modus genießen.

Das EuroFlex Modell gilt als Erasmus 4.0 und ermöglicht monatliche oder vierteljährige Wechsel von Stadt zu

Stadt bei immer vergleichbarem Komfort in ähnlich angelegten Wohnungen. Private Eigentümergruppen mit geprägter Affinität für Immobilien kümmern sich sorgsam und geschmackvoll um Ausstattung, Erhalt und Instandhaltung, welche in der Miete gespiegelt werden. Durch dieses clevere Austauschkonzept hat man als Mieter die Chance, alte Bekannte oder Teilnehmer der eigenen Interessengruppen persönlich zu treffen, sowie in verschiedenen europäischen Kulturen und besonderen Atmosphären lokal einzutauchen, während man in den Co-Working Zentren mühe- und zwanglos neue Kontakte knüpft. Für die Eigentümer bedeutet es finanzielle Planungssicherheit, Teilhabe an den Gestaltungs- und Einrichtungsentscheidungen sowie das Kennenlernen respektvoller Mieter, die mittelfristig aus Interesse den Ort entdecken und erleben wollen.

Bei den Treffen redet man Englisch, tauscht sich über die Euro-Politik und die neusten Filme aus. Man bringt Argumente hervor, konfrontiert eigene Weltanschauungen. Man muss nicht immer einverstanden sein, aber Verständnis für alternative Sichtweisen ist selbstredend. Man erzählt über die eigenen aktuellen kognitiven Missionen und Lernziele. Man preist die eine oder andere On- und/oder Offline Veranstaltung oder lacht über die Witze des letzten E-Kabaretts. Doch man lästert nicht und man vergleicht nicht. Es sind immer herrliche Abende, geprägt von den wichtigsten Werten - Ehrlichkeit, Respekt, Zuhören, Vertrauen.

Seitdem sie weniger häufig vorkommen, haben solche Treffen aber vor allem stets das Prädikat ‚wertvoll‘. Als die erste große Pandemie des 21. Jahrhunderts vorüber gewesen war, hatte es sich herausgestellt, dass die Uhren einfach plötzlich anders tickten: Die Menschen treffen sich seitdem nicht mehr auf reines Gerede, um des Jammerns oder der Lästerei Willen oder einfach aus Angst, alleine zu bleiben. Dafür ist den Meisten die eigene Zeit zu schade geworden. Sie legen nun Wert auf bedeutungsvollen und ehrlichen Austausch. Qualität überwiegt nun Quantität: Die zwischenmenschlichen Beziehungen sind fast natürlich in die Balance gerückt.

Eines ist aber geblieben: Diese Abende lassen die Zeit wie im Flug vergehen. Schon ist es Mitternacht, Zeit für C. nach einem kurzen Abschied heimwärts zu gehen.

Freitag – Culture

Compose – Create – Craft
Commute – Convince – Connect

Heute darf C. ein wenig länger im Bett bleiben. Es ist ohnehin ihr Präsenz-Morgen. Was für ein komischer Name finden ihre Eltern immer, die damit an die unendlichen Anwesenheitstage ihrer früheren Karrieren denken... damals als so viele Leute noch immer Sklaven ihrer ‚Arbeitgeber' waren und sogar unbedingt sein wollten.

Nach ihrer Meditationsrunde und ihrer heutigen Übungsreihe lässt sie die Entspannungsmusik laufen und betritt die Küche. Sie lässt Wasser für die Teekanne kochen und drückt auf den C. Knopf, nachdem sie ihre Frühstücksschale unter die Ausschüttungsöffnung der Maschine gestellt hat. Ihr persönlicher Mix an Getreide, Körnern, Flocken und Trockenfrüchten fällt aus der HealthyBreak Anlage, die nun weitgehend überall verbreitet ist. Sie schneidet sich noch einen frischen Apfel in ihre Schale und fügt ein paar Löffel Naturjoghurt hinzu.

HealthyBreak besteht aus zehn auf einer Art Regal angereihten Behältern, die von oben nachfüllbar sind und deren Inhalt mittels einer feinfühligen Waage portioniert wird. Anhand einer einfachen Bedienungsoberfläche können die Nutzer ihre individuellen Mischungen speichern und nach Lust und Laune zu jeder Tageszeit herauslassen: Viel Hafer für die einen, hochwertige Fünf-kornflocken für die anderen, bei Bedarf mehr Leinsamen oder Kürbiskerne, je nach Geschmack Mandeln oder Trockenfrüchte, eine gesunde Nusskernmischung für den kleinen Hunger zwischendurch. Diese Anlage ist überhaupt eine der besten Prozesserneuerungen, die kreative Köpfe damals während der sogenannten Corona-Krise erdacht hatten.

Die sich verbreitende Krankheit und die Angst vor dem Ausfall einiger Lieferketten hatten ja zu einigen Hamsterkäufen geführt. Für viele war der Alltag plötzlich weggefallen, alle Vergnügungen, Verpflichtungen und Scheinverpflichtungen, allesamt passé. Dieser radikale Ausfall der ‚Spiele‘ zwang jeden umzudenken, was vieler-orts Panik auslöste. Weiter gefangen in einer Ich-Blase, entwickelten einige so etwas wie eine Angst ums eigene Überleben, der Homo-Sapiens-Instinkt flammte auf. Ihre volle Aufmerksamkeit galt auf einmal einzig und allein dem ‚Brot‘. Leider hatten sie, in einer sich immer be-schleunigenden Zeit der Fülle und des Massenkonsums, keinerlei Kenntnisse darüber gesammelt, was alles zu ei-ner normalen Grundversorgung gehörte. Die Grundvor-räte, die bei älteren Generationen noch verbreitet gewe-sen waren, waren in Zeiten des blinden Vertrauens in eine ‚grenzenlose Verfügbarkeit‘ nach und nach unnötig geworden, bis sie in Zeiten des Dauershoppings einfach in vollkommene Vergessenheit geraten waren. Zudem wurden die Umstände so abrupt so radikal anders. Der ‚Haushalt‘ als neue Lebensfläche war im Zuge dessen DIE maßgebliche Einheit geworden. Aber was brauchte man denn so als Waren, um einen z.B. vierköpfigen Haushalt zu versorgen, deren Personen nur noch zu Hause verkehrten? Als man später auch keine Fertigprodukte mehr bekam, war die Zeit der einzelnen Komponenten gekommen. Die ‚Basic-Refill' Erfinder hatten die Krise genutzt, um diverse Community-Einkauf-Plattformen zu gründen. Die Einführung war hervorragend gelaufen. Nachdem die Kinder die längsten Ferien der Geschichte zu Hause hatten verbringen müssen, hatten ihnen ihre Eltern damals oft zum Zeitvertreib eine #Echtes-Leben-Aufgabe gestellt. Einen Monat lang hatten sie die Verbrauchsmengen ihrer jeweiligen Familien untersucht und festgehalten. Diese Daten und Erkenntnisse hatten natürlich eine perfekte Basis für die Einführung des neuen Services gebildet. Die Erfinder hatten zunächst ein einfaches Sortiment an wichtigen trockenen Basisnahrungsmitteln zusammengestellt und das Angebot um schlichte Glasbehälter in verschiedenen Größen erweitert. Über eine Internetseite hatte jeder Haushalt die Möglichkeit, Basiskomponenten für die eigene Familie auszuwählen, festzulegen oder selbstverständlich auch anzupassen. So wurden die Monatsmengen grob ermittelt, damit der Lieferdienst die passenden Artikel vorrätig hatte. Es wurde lokal und qualitativ hochwertig eingekauft, gleich für das ganze Dorf oder das ganze Viertel. Die Waren wurden dann verteilt, Bag-to-Box, sprich, direkt aus Säcken an der Haustür oder an dem Refill-Point an der Ecke in die jeweiligen Behälter umgefüllt. Damit hatte sich einiges von selbst erledigt: vorbei mit dem lästigen Gang zum Supermarkt, vorbei mit dem Schleppen und mehrmaligen Anpacken von Kubikmetern und Kilos an Mehl, Reis, Getreide, Körnern, Nüssen usw. - sowohl für den Einzelhandel als auch für die Kunden. Verpackungsmüll wurde so gut wie verbannt, optimierte Preise durch Mengeneinkäufe lockten immer mehr Begeisterte, die Verringerung der Belastung für die Umwelt machte sich langsam aber sicher bemerkbar. Und da jeder Haushalt monatlich nachgefüllt wird, ist eine Grundversorgung praktisch immer und überall sichergestellt. Das Model war ein echter Game-Changer gewesen und heute nicht mehr aus dem Alltag zu denken.

Dieser Freitagmorgen soll vollkommene Präsenz für C. bedeuten. Das Prinzip der Präsenzstunden ist im Kern sehr einfach: bei sich SEIN, den Flow spüren und die Kreativität anregen, beziehungsweise ihr ihren freien Lauf lassen. Den heutigen Präsenz-Tag darf sich jeder in seiner Woche so positionieren, wie es einem gefällt. Präsenz hat da eine viel tiefere Bedeutung. Es geht vielmehr darum, diese Stunden im Jetzt zu leben, sich der eigenen Wellness und eigenen Schöpfung bewusst zu werden und in ausgeglichenem Maß zu verschreiben: fünf Stunden völlig bei sich sein, ohne Ablenkungen, ohne soziale Kontakte, ohne Nachrichten oder Streaming. Einzig und allein Musik darf Gesellschaft leisten.

Natürlich gehört die Morgenroutine im Grunde auch schon dazu. Nach dem Frühstück sucht C. sich ein ausgedehntes Atmungsprogramm in der BE-Theke aus und bringt ihren Geist bewusst und fokussiert zur grenzenlosen Entfaltung. Nun breitet sie ihre Werkzeuge aus. Heute fühlt es sich nach Kunst an, sie will malen. Letzte Woche hatte sie mit ihrem Federfüller viele Seiten von Versen auf jungfräulich weiße Papierblätter niedergeschrieben, die Woche zuvor eine neue Tanzkombination für die C-Party ausgedacht. Heute aber ist ihr danach, ihre Gefühlslage in farbigen Motiven auszudrücken. Bedächtig setzt sie sich, lässt den Blick kurz durch das Wohnzimmerfenster auf dem Horizont verweilen, geht die Feueratmung noch einmal durch... Und dann geschieht es: sie ist... im Flow - einzig und allein in der Gegenwart. Es gibt nur sie und das entstehende Bild. Sie nimmt den Pinsel, tunkt ihn in die Farben, mischt gefühlvoll und malt spontan, was ihr Herz diktiert. Sogar die Hintergrundmusik ist für C. abgeklungen. Es gibt nur noch sie und das Bild. Sie ist gefangen in einer energiegeladenen Blase, in der alles stimmig ist und die Zeit stillsteht. Und es entsteht ein einzigartiges Bild, ihre eigene Kreation, der Ausdruck ihrer Seele in diesem Moment, eine Liebesnachricht für die Nachwelt, ein Beweis der unendlichen Schöpferkraft eines jeden Einzelnen.

Als damals - dem massiven Heimkehren folgend - die Netze kurzfristig ihre Kapazitätsgrenzen erreicht hatten und die gesamte Telekommunikationsinfrastruktur für zehn Tage zusammengebrochen war, war auch der vielversprechende Technologiebereich in Frage gestellt worden. Sicher hatten Fern-Working und Home-Office dazu beigetragen, dass die Firmen in der Krisenzeit hatten weiter werkeln können. Selbstverständlich hatten neue Trends wie ‚Skypero‘ und E-Kaffee den Zusammenhalt unterstützt. Zweifellos hatten schlaue Computerspiele einigen Teilnehmern effiziente Teamführung sowie zielstrebiges Projektmanagement im virtuellen Umfeld nähergebracht. Aber am Ende hatte die Erkenntnis gesiegt, dass permanentes ‚On‘ sein kein erstrebenswerter Zustand sein kann. Aus der Not heraus wurde der ‚Creative-Day‘ eingeführt, damit allen voran die Kids auch mal

‚Offline' produktiv oder kreativ werden konnten. Dabei sollte auch die Suchtgefahr minimiert werden. Da hatten plötzlich viele realisiert, dass altmodische Kunst, das Handwerk, beziehungsweise bewusste Fürsorge wunderbare Ausdrucksmöglichkeiten bieten und genau wie sportliche Betätigung zum persönlichen Ausgleich gehören. Vor allem aber hatten alle erkannt, dass dadurch Materielles und Greifbares geschöpft werden konnte. All das, was im Unterbewusstsein schon immer da war, durfte sichtbar werden, wenn man endlich den Elektrostecker zog, seine Passivität ablegte und sich in den Moment verfrachtete. Später war das Modell auf alle erweitert und in seiner heutigen fünfstündigen Form auf den so genannten Präsenztag umbenannt worden. Manche verbinden heute damit das Nähen, das Backen, das Singen, das Schreiben von Briefen, Gedichten oder Geschichten, das Pflegen von Gartenanlagen und Blumengärten oder gar das Putzen. Andere sind erfüllt bei sich, indem sie ab und an im Gras herum liegend und in den Himmel schauend ihr Sein bewusst wahrnehmen.

Plötzlich lässt der Flow nach, die Kreativität fährt runter, die Blase verfliegt so schnell wie der Nebel, wenn die Sonne rauskommt. C. erwacht aus ihrem Wachtraum und schaut sich das heutige Ergebnis ihres ganz persönlichen Ausdrucks zufrieden an. Ja, es wird schön in die ewige Galerie des Hauses passen und für immer Zeuge dieses magischen BE-Moments bleiben. Sie begibt sich ins Badezimmer und verbringt die nächste Stunde mit gründlicher Selbstfürsorge. Hygiene und Körperpflege, das volle Programm - Wellness ist das Motto - dem Spruch von Teresa von Avila nach: ‚Sei gut zu Deinem

Körper, damit Deine Seele Lust hat, darin zu wohnen´. Danach sucht sie sich ihren heutigen Mix aus frischem Gemüse aus, wäscht dieses gründlich und schneidet alles klein, bevor sie es in den Wok wirft. Dazu kocht sie eine großzügige Portion Bulgur. Nach 20 Minuten steht das leckere Mittagessen schon auf dem Tisch. Dieser achtsame Genuss rundet ihren Präsenzvormittag ab.

Voller Kraft und Energie geht C. ihre Präsentation erneut durch. Langsam aber sicher steigt die Vorfreude. Heute ist ein großer Tag. Sie darf das Konzept des neuen Prozesses vor der Landeskammer persönlich vorstellen. Einige Wochen hat sie darauf hingearbeitet, alles recherchiert, zusammengetragen, bildlich dargestellt, mehrfach verifiziert und vielseitig validiert. Alles ist sozusagen festgeschnürt, um dem Publikum einen möglichen Weg darzulegen - ihren Routenplan Richtung Zukunft. Grund genug, ihr schönstes Set aus dem Schrank zu ziehen, das Make-up zu verfeinern, die Schuhe zu polieren, ein schönes Schmuckstück auszusuchen... es kann losgehen. Per App fischt sie das nächste autonome Cab; fünf Minuten später holt es sie schon ab. Darin sitzt es sich ziemlich angenehm. Heute ist ein typischer Spätherbsttag, das Licht ist schwach, es ist der Sonne nach auch schon relativ spät. Sie genießt die Fahrt und beobachtet die vorbeiziehende Landschaft. Bald erreicht sie die Stadtgrenze, es geht in die Landeshauptstadt. Ihr Blick bummelt über Felder, Hügel, Wege, Flüsse, die sich am Wegrand abzeichnen. Die meisten hat sie zu Fuß oder mit dem Fahrrad erkundet. Sie übt ihr geographisches Gedächtnis, indem sie sich vor Augen führt, wie es da hinten im Tal oder da oben im Frühling aussieht.

Die Mobilität ist einer der Sektoren, die sich am meisten nach der 20er Krise transformiert haben. Als die Ausgangssperren in Kraft getreten waren, wurde auf diejenigen verurteilend herabgeschaut, die sich nicht mit dem Klinikpersonal solidarisch zeigten, indem sie weiterhin auf Autorundfahrten und Cruising-Stunden bestanden, wissend, dass sie bei einem Unfall die Notaufnahmen unnötig verstopfen würden. Und wenn sowieso alles einfach dicht gemacht hatte, war das Auto einfach immer seltener bewegt worden. In zahlreichen Städten waren Fahrradtage eingeführt worden, damit die Einwohner Abstand haltend an die frische Luft konnten. Man hatte ja Zeit, so dass man gerne den Gang, beziehungsweise die Fahrradfahrt zum lokalen Einkauf suchte. Dieser Sinneswandel traf damals auf eine wackelige Fahrzeugbranche, die sich schon sowieso in einer Neudefinitionsphase befand. Und so hatte es Pleiten und Fusionen gegeben, viel war aber investiert worden, um neue Konzepte marktreif zu machen. Neue Technologien wurden stark bezuschusst und so waren schrittweise wasserstoffbasierte Busflotten in die Städte eingezogen. Taxis wechselten auf Elektro- oder Brennstoffzellen-Antriebe, KI-gesteuerte Sammelfahrzeuge vermehrten sich und erlösten die Stadtautofahrer von der ewigen Parkplatzsuche. Grundsätzlich war es nun unter dem Balance-Leitmotiv stillschweigend verbreitet, dass man sowohl die Geschäfts- als auch Privatreisen in Maßen unternahm. Im Durchschnitt zweimal im Monat regional, zweimal im Jahr national, maximal alle zwölf Monate international. Ausgenommen waren die EuroFlex Jahre, die für jede Altersgruppe, für jede Lebenssituation - allein, in Paaren oder mit der Familie - möglich waren. Diese Ausnahme ergab sich einfach aus dem System selbst, der ein reiner Austausch war und somit zu keinen überfüllten Orten, Städten oder Regionen führte. Wer geschäftlich reisen wollte, musste privat für den Ausgleich sorgen.

Es hatte sich in den Köpfen verankert, dass alles auch virtuell einwandfrei ging und dadurch viel Zeit gespart werden konnte. Zeit, die man effizienter nutzen könnte - für sich, für die Mitmenschen, für die Umwelt und die Natur. Mit überdurchschnittlichem Engagement für die unmittelbare Umgebung und lokale Community könnte man sich zwar ein wenig ,Weite', beziehungsweise Häufigkeit ansparen aber das Reisen an sich war nicht mehr ganz so Mode, wie in der Zeit vor ihrer Geburt. Damals, als die Menschen im schnellen Strudel verfangen gewesen waren, war das Reisen teils selbstständiger Sinn und Zweck des gesamten Lebens, das Planen des nächsten Urlaubs die Hauptpriorität. Mit den wiederholten Shutdown-Zeiten war das Ganze zum abrupten Stillstand gekommen und die Mehrheit hatte endlich Zeit gehabt, sich tiefere Sinnfragen zu stellen und zu reflektieren. Warum war man immer auf der Flucht gewesen, beziehungsweise, was war einem nun im Leben wirklich wichtig? Nach den stillen Monaten des Home-Beings war der Drang verschwunden, sich mittels ,been there' Posts quer durch die Sozialen Medien zu profilieren. Das Leben hatte sich einfach geändert und blieb es auch. Die längere Zwangspause in diesem ,Never been Year´ hatte einem globalen Fasten in unzähligen Bereichen und etlichen Geographien geglichen.

Und es war doch ein richtiger Segen für die Welt gewesen. Knapp 50 Prozent der Menschen besitzen heute *zwar noch immer ein eigenes Auto, vor allem auf dem Land. Diese Tendenz ist aber aufgrund der Demographie stark fallend. Auch die lokalere Ausrichtung und der entschleunigte Lebensstil haben die Anzahl der Verkehrsteilnehmer zurück zum vernünftigen Maß gebracht. Manche Viertel oder Dörfer teilen sich ein paar Fahrzeuge. So ist Platz für mehr Bäume auf den Straßen entstanden, unter denen die Kinder lässig Fußball kicken. Wanderer marschieren da, wo die damalige Fahrbahn verlief, die Eichhörnchen genießen die entstandene Ruhe, um zu jeder Tageszeit ungestört ihren Proviant zu sammeln. Auch außerhalb der Großstädte sind die Autobahnen entspannter. Die ewigen Staus, die ihre Eltern immer schildern, kommen ihr vor, wie aus einer anderen Zeit.*

Die Landeshauptstadt befindet sich ca. 70 Kilometer entfernt. Nach einer guten Stunde erreicht C.'s Cab das Stadtschild. Nach ein paar tiefen Atemzügen geht sie die Gliederung ihres Vortrages mental durch und stellt sich das applaudierende Publikum vor. Es kann beginnen!

In dem Saal mit circa 500 anwesenden Zuschauern erschallt der verdiente, lange Applaus. Die Fragerunde hat C. gut gemeistert und auch der Bürgermeister hat den Vortrag gelobt. Nun werden die Eckpunkte in den jeweiligen Gremien als Basis übernommen. Damit wird das Programm zügig und dezentral geprüft, zugeschnitten und im passenden Maß lokal ausgerollt. Somit sollten die Haushalte schon ganz bald die Möglichkeit bekommen, umzurüsten. C. sammelt ihre Sachen, zieht ihren Mantel über die Schultern und meldet sich bei ihrem Cousin mit einer kurzen Sprachnachricht an. Drei Blocks weiter betreibt er ein 3D-Druck-Center, sie will sich die letzten Erweiterungen anschauen, bevor sie gemeinsam zur Inauguration gehen.

Ihr Cousin war damals elf Jahre alt gewesen, als die Welt in jenem Frühjahr das erste Mal in eine Pandemie rutschte. Er kann sich vollkommen an die größte Auszeit in der Weltgeschichte erinnern. Sie liebt es, seinen Erinnerungen zuzuhören, wie er seine Erlebnisse und Erfahrungen während seinen längsten Ferien - daheim - so spannend zu beschreiben weiß. Jede Familie war damals in der Krise gewachsen. Zuerst waren sie auf harte Proben gestellt worden. Als sich von heute auf morgen alle Familienmitglieder quasi zu hundert Prozent zuhause aufhielten, wuchs zunächst das Konfliktpotential um ein Vielfaches. Zwar waren die Kids anfangs fleißig mit dem Fernlernen. Doch nach ein paar Stunden stritt jeder mit jedem. Das Fernsehprogramm wurde zur Diskussion, genau wie die 'Zock'-Zeit auf den jeweiligen Handys, die das heimische Netz belasteten. Vor allem in einer Periode des sozialen Abstands, in der jeder seinen sozialen Spiegel zutiefst vermisste, wuchsen schnell Frustration und innere Leere, bis daraus Ratlosigkeit und gähnende Langeweile wurden. Der erste Impuls war es gewesen, sich durch virtuelle Selbstdarstellung weiter zu 'unterhalten' - mittels Posts früher entstandener Bilder, Aufnahmen aus der Quasi-Quarantäne, Verbreitung irrsinniger Videos, ewigen Chats mit Freunden und Freundinnen oder zunehmender online Spielzeit.

Als Covid-19 aber allgegenwertiges Thema jeglicher Diskussionen und Medienberichte wurde, taten die Augen langsam weh. Die Infektionszahlen wuchsen jedem aus den Ohren, Selbstinszenierungen 'daheim' glichen sich praktisch bei allen an. So ging die Mehrheit der Familien irgendwann in ein friedliches und konstruktives Miteinander über. Väter hatten auf einmal Zeit mit ihren Söhnen zu basteln, Geschwister putzten gemeinsam Wohnungen, jeder durfte mal kochen. Es wurde zusammen in den Gärten und den Kellern aufgeräumt, hier und da renoviert und repariert. Es wurde gemeinsam gelacht und gespielt, organisiert und respektiert, geteilt und wahrgenommen. Schließlich wurde jedem klar, wie viel Zeit und Aufwand der gemeinsame Haushalt kostet. Aber vor allem wie viel weniger, beziehungsweise angenehmer es sein könnte, wenn jeder dabei mithilft, mitdenkt und optimiert... wenn sich jeder zunächst der Konsequenzen des eigenen Handelns bewusst wird - ob das egoistische Aufessen des Familienkuchens, das Pinkeln im Stehen oder rücksichtslose Hinwerfen der Klamotten auf den Wäscheberg. Plötzlich ging es nicht mehr darum, was man noch alles unbedingt anschaffen müsste, obwohl man es sowieso nicht brauchte und es nach zwei Wochen in einer vergessenen Ecke landen würde: all diese Sachen, von denen man in den Jahren des exponentiellen Wachstums durch sozialen Druck, unausgesprochene Wettbewerbe und perfide Medien überzeugt worden war, dass sie alternativlos zur eigenen Sammlung diverser Utensilien gehören mussten.

C. schätzt es ungemein, wenn Chris diese innerliche Veränderung beschreibt und was die Zwangspause bei Menschen und Individuen bewirkt hatte: mehr und mehr wurde jede eigene Aktion als Ganzes bewusst wahrgenommen und auf die Waagschale geworfen - inklusive Folgen für sich, Haushalt, Mitmenschen und Umwelt. Die

Zeit des ‚weniger ist mehr' war geboren, eine neue frei-willige Lebensphilosophie, die letzten Endes den Ur-sprüngen der heutigen Balance entsprach.

Nachdem das familiäre Gleichgewicht wieder erlangt worden war, Haus, Keller und Gärten so sauber und or-dentlich wie nie zuvor waren, hatte Chris Familie die CoronAgenda zuhause eingeführt: ein ziemlich prakti-sches Modell, um jeden im Haushalt und im Alltag eine gewisse Struktur zu geben und einen ausgewogenen Mix an Tätigkeiten zu bieten - aus Freiräumen, kognitiven Herausforderungen, praktischem Einsatz, kreativer Selbstverwirklichung, physischer Betätigung und gesell-schaftlichem Beitrag. Die Agenda bestand aus sieben Kernaktivitäten: Haushalt, Sport, Kunst/Kultur, Ler-nen/arbeiten, Chillen, Ausgehen und Community. Alle dürften wöchentlich jeweils einen Vormittag und/oder einen Nachmittag (jeweils 3,5 bis 4 Stunden) mit jeder Aktivität verbringen. Dazwischen wechselten sich Koch- und Aufräumteams ab und jeder bekam seine tägliche ‚Dosis' an Online-Kommunikation. Wie einen Lernplan, den man sich in der freien Schule zurechtlegt, konnte sich jeder die Woche so gestalten, wie es ihm gefiel, so lange er Wünsche und Bedürfnisse der Mitbewohner respek-tierte und alle Kernaktivitäten genoss. Dazwischen wurde gemeinsam gegessen, die jeweiligen Erlebnisse geteilt und für den wöchentlichen gemeinsamen ‚Heim-kino'-Film abgestimmt.

Chris hatte natürlich das Glück gehabt, dass seine Fa-milie sich gern und schnell den neuen Herausforderun-gen gestellt hatte. Er hatte aber auch berichtet, dass wa-ckelige Familienstrukturen ganz harte Zeiten hatten *erleben müssen, während manche in Trennung lebende Paare sich angesichts der plötzlichen und gewaltigen Herausforderungen doch wiedervereinten. Es hatte sowohl einen Baby-Boom als auch einen Scheidungs-Boom gegeben. Manche hatten gerade wegen der Pandemie überhaupt zusammengefunden. Andere waren kompromissbereiter geworden, um der Einsamkeit zu entfliehen. Corona hatte sogar manch eine Hochzeit mit verursacht. Es hatte alles gegeben, erfreuliche und weniger erfreuliche Geschichten - aber alles in allem war die Welt zusammengewachsen - vom Haushalt über Gemeinden, Staaten, Kontinenten bis zur gesamten Erde. Der Hass, der Terror, die nationalen Grenzen, die einsamen Wettläufe waren hintergründig geworden und internationalen Branchenvernetzungen und Kreativforen gewichen. Partnerschaften hatten altmodische konkurrenzgeprägte Denkmuster ersetzt. Die Menschen hatten endlich erkannt, dass gemeinsam viel mehr möglich ist und dass der Wandel in einem Selbst zuerst anfangen muss...*

Sie läuft relativ schnell, da der Nordwind unangenehm bläst, spürt dank diesem Nachsinnieren aber keine Kälte.

Chris Worte hallen durch ihren Kopf. Die Krise hat Liebe und Respekt in die Haushalte zurückgeholt, Solidarität, Toleranz und Zusammenhalt in die Gesellschaft. Als angehender Teenager hatte er sich dann schnell umgewöhnt und war entschieden und selbstbewusst in den Schöpfermodus gewechselt, ohne groß der Überflussgesellschaft nachzutrauern. Am Ende hatte dieses riskante Experiment der globalen Autoritäten zur rasantesten Bewusstseinsentwicklung der Menschheitsgeschichte geführt - anstatt zur generellen Durchsichtigkeit, digitalen Diktatur und konsequenten Eingrenzung bisheriger Freiheiten. Es hatte sogar den Grundstein für die heutige partizipative Gesellschaftsgestaltung gelegt. Diese war zwar früher schon in manchen Kommunen erfolgreich erprobt worden. Doch erst die vollständige Annahme der eigenen Verantwortung, die neue erhöhte Bewusstseinsebene und die neugewonnene Freiheit, sich als Experte für ausgewählte Themengebiete auszubilden, hatten die allgemeine Anerkennung von designierten Expertengruppen befeuert.

Seitdem ist die Lottokratie aus ihren Kinderschuhen gewachsen: die Unabhängigkeit der Gremienmitglieder wird systematisch geprüft und garantiert, die Gruppen werden stets neu vermischt, einzelne Teilnehmer aufgrund von Kompetenz und Integrität nominiert. Empfehlungen werden mit einfacher Mehrheit bestimmt und ausgesprochen - nach gemeinsamer Projektphase, umfangreicher faktischer Konfrontation und intensiven Diskussionen. Somit greifen politische Entscheidungsträger auf eine fundierte, detaillierte und unabhängige Informationsbasis zurück, mit der sie schnell handlungsfähig sind und faktenbasiert Beschlüsse fassen können. Als Gegenleistung wird selbstverständlich verantwortungsvoller Umgang, Rechenschaftspflicht und Haftung erwartet. Für die Experten winkt stets der Anreiz, den Fortschritt mit zu prägen und bei moderner gesellschaftlicher Gestaltung mitzuwirken. Dafür lohnt es sich, seine eigenen Expertengebiete stetig zu vertiefen, beziehungsweise zu erweitern, anstatt dies lernenden Algorithmen gleichgültig zu überlassen.

Gleich erreicht sie das 3D-Zentrum, das Chris schon vor zehn Jahren gegründet hat, mit 23 also, als er grob in ihrem Alter gewesen war.

Er war schon als Kind ein kleiner Ingenieur gewesen. Er hatte seine Talente dann erkunden dürfen, als man mit der Zeit zur Erkenntnis gekommen war, dass JEDER sich durch produktive Zeiten für das gemeinschaftliche Wohl und den kollektiven Fortschritt einbringen konnte, durfte und sollte. Wochenpläne gaben die Richtung, Haushaltsaufgaben wurden verteilt, passive Bildschirmzeit reduziert. So hatte er als angehender Teenager angefangen, einmal in der Woche, mit Handschuhen, Plastiktüte und Grillzange bewaffnet, den Müll in seiner Umgebung zu sammeln, um seine Ausgehzeit zu verlängern. Dann war er einem der vielen Game Changer Foren beigetreten. Darin waren die Design Thinking Regeln den Teilnehmern kurz erläutert worden und die bis zu 15 Personen großen Gruppen hatten sich auf ein beliebiges Thema aus einer Vorauswahl stürzen dürfen. Er fand diese Nachmittage von Anfang an völlig erfrischend und war gleich begeistert gewesen. Vier Wochen lang konnte und sollte jeder all seine Hirnzellen und seine Kreativität anschüren, sich allein und/oder in der Gruppe Lösungen für ausgewählte Probleme ausdenken. Jeder bekam eine pragmatische Aufgabe und damit eine Chance zu schnellerer Umstrukturierung der wichtigsten Lebensbereiche und Branchen beizutragen - und sich dabei persönlich zu entwickeln, gar zu entfalten.

Neben dem ‚schulischen' Fernlernen hatte sich durch das erweiterte Bildungsprogram im öffentlichen Fernsehen für ihn eine neue höchst spannende Welt eröffnet.

Als es der Coaching Branche klar geworden war, dass ewiges Wachstum und noch fettere Einnahmen in einer zusammenbrechenden Welt als Ziel nicht mehr angebracht waren, hatten sich einige zusammengetan und es den Musikern, Kabarettisten und anderen Künstlern nachgemacht. Sie hatten Inhalte öffentlich und frei angeboten. Diese wurden im Videoformat geliefert, nach Bereichen sortiert und in einer riesigen Bildungsmediathek angelegt. Eine Art virtuelle Lebensschule war aus der Not geboren. Jeder hatte Zugang und könnte nach Begehren und Stimmungslage seine eigenen Interessen vertiefen und seine Fähigkeiten erweitern. Denn eines war jedem klar geworden: es ging nicht nur darum, zu glauben, dass alles gut gehen werde und die anderen beziehungsweise die Regierungen es meistern würden. Da jede Branche sich praktisch neu erfinden durfte, sollte am besten wie in der Nachkriegszeit angepackt werden: jeder war gefragt und hatte die Chance, sich mit dem einzubringen, was er am liebsten tat. Praxis und Tun waren die Königsdisziplin: Jeder durfte sich ausprobieren, sein Bestes geben und aus Fehlern lernen. J.F. Kennedys Worte waren gelebte Realität geworden: ‚Frag nicht was Dein Land für Dich tun kann, sondern was Du für Dein Land tun kannst.'

Chris hatte sich als erstes den Klopapierengpässen zugewandt. Zusammen mit seiner Gruppe hatten sie neue Lieferquellen identifiziert, lokale Notfallbörsen organisiert, sowie ein Verteilungsmodell definiert, damit der Nachschub gerecht aufgeteilt wurde. Glücklicherweise waren die Foren nach den ‚Heimwochen' beibehalten worden und er war - wie die meisten - dabeigeblieben. Er

war sowohl durch die pragmatischen und schnellen Er-
folge als auch durch die Kraft der kollektiven Kreativität
vollständig begeistert worden. Seine nächsten Projekte
gingen mehr und mehr ins Engineering über und so hatte
er von Anfang an verstanden, dass das neu geschaffene
Familiengleichgewicht auch für größere Strukturen not-
wendig geworden war. So wie nationale und internatio-
nale bzw. globale Interessen in Einklang hatten gebracht
werden müssen, so wie die Wissenschaft sich über Lan-
desgrenzen hinweg der Forschung nach einem Impfstoff
verschrieben hatte, so hatten auch Lieferketten neu aus-
gelegt werden müssen. Von Projekt zu Projekt wuchsen
bei ihm Verständnis und Fähigkeiten und so wurde ihm
klar, dass 3D-Druck im Mittelpunkt zukünftiger Produk-
tions- und Lieferlandschaften stehen werde. Er hatte ge-
spürt, dass diese Technologie das Zeug zum perfekten
Gegengewicht der Globalisierung hatte.

Sie geht durch den Eingang, Chris ist an einer der
Pressen zugegen und hebt den Kopf. Er lächelt, beendet
seine Unterhaltung und kommt auf sie zu. Sie umarmen
sich kurz, die gegenseitige Freude über das persönliche
Treffen ist riesig. Schon bald führt er sie kurz durch das
Zentrum, wovon sich mittlerweile fast jede Industrie in
der Stadt und nahen Umgebung bedient. Er zeigt ihr begeistert die Vielfalt an Teilen, die das Zentrum nun produziert und wie er völlig individualisierte Versionen
ohne großen Mehraufwand herstellen kann.

Das Geschäft boomt und das beruht hauptsächlich
auf drei Faktoren: 1. die Produktionszahlen sind in na-
hezu jeder Industrie nicht mehr so massiv wie vor den
20er Jahren. 2. die Menschen erwarten heute ein

maßgeschneidertes Angebot. 3. die Firmen haben ihre Einkaufstrategien von global auf ‚glocal' geändert. Nach den massiven Folgen der globalen Vernetzungen, allen voran der China-Abhängigkeiten hatten Firmenstrategen die Jahre nach der Pandemie damit verbracht, ihre Lieferkette wieder in die Balance zu bringen, damit sowohl Preisleistung als auch Flexibilität und Zuverlässigkeit gewährleistet werden könnten. Natürlich sind heute die globalen Netze nach wie vor stark und bedeutend. Jedoch ist es nicht mehr die primäre und vor allem nicht die ausschließliche Ausrichtung, alles billig irgendwo in Fernost fertigen zu lassen. Es haben sich Mischlieferketten etabliert, die mögliche Konsequenzen einer erneuten Krise abfedern können. Diese neuen Strukturen wurden zum Katalysator des wirtschaftlichen Wiederaufbaus. Sie brachten Hoffnung und Vision zurück in Länder und Gegenden, wo zuvor aus Kostengründen nicht mehr produziert worden war. Sie motivierten junge Leute neue Technogien zu erlernen. Sie ermöglichten schnelle On-Demand Produktionen und die Entwicklung lösungsorientierter Designs. Sie unterstützten Industrien und Branchen dabei, ihre eigene angemessene Antwort auf den immer schneller werdenden Trend der Individualisierung zu finden. Sie trugen dazu bei, Kosten- und Umwelt-Implikationen von langen Transportwegen zu reduzieren. Sie spielten eine signifikante Rolle in der rasanten Verbreitung von Kreislaufwirtschaften. Die vielfältigen Einsatzgebiete von 3D-Druck (u.a. Ersatzteile, Modellbau, Automobilindustrie, Architektur, Gesundheitswesen, Raumfahrtindustrie) waren damals schon bekannt gewesen, doch durch den Neustart hatte die Technologie einen Quantensprung erlebt.

Das hatte Chris zu nutzen gewusst. C. ist von den Dimensionen begeistert, die Chris mit seinen 3D-Zentren erreicht hat. Hier ist die Zentrale, doch es sind mittlerweile tausende - dezentral quer durch den Kontinent. Das Model wurde einfach repliziert, die Techniker tauschen sich regelmäßig virtuell aus, die Flotte wird stets erweitert. Diese Zentren sind das Gegengewicht der Globalisierung und erfreuen sich der freiwilligen Mitarbeit zahlreicher motivierter Menschen, die täglich den lokalen Unterschied machen wollen, sich dabei weiterentwickeln dürfen während sie den Schatz der menschlichen kollektiven Weisheit veredeln.

„Was meinst du, wo die Welt heute wäre, wenn es 2020 keine Pandemie gegeben hätte?", fragt sie Chris verträumt. Er denkt kurz darüber nach und antwortet schlicht: „Ich glaube nicht, dass das damalige Ungleichgewicht gekoppelt mit der exponentiell wachsenden Geschwindigkeit sich bis heute hätte retten lassen können. Ein langsamerer Umschwung wäre aber nicht so effizient für den Fortschritt gewesen..."

Die harte und plötzliche Realität, dass es Jeden und Jede treffe und betreffe, bei gleichzeitiger Vollbremse bei allem, was den Leuten bis dahin als relevant erschienen war, hatte bisher unvorstellbare Mengen an Zeit, Bereitschaft, Willen und Energien freigesetzt. Diese katapultierten die Gesellschaft in kürzester Zeit von einem Ich-Fokus (auf eigene Unterhaltung, Selbstdarstellung, Eigensinn und Rechthaberei) zu einer Wir-Gemeinschaft, in der plötzlich selbstverständlich wurde, dass jeder in dem entstandenen Strudel seine Rolle spielen durfte, mit Glück sogar seine Berufung finden und leben konnte - ob

alt oder jung, klein oder groß - unabhängig von Haut-
farbe, Herkunft, Lebensstandorten, bisherigem Erfolg
oder Bildungstand. Es brauchte lediglich nur den eigenen
Willen etwas beizutragen, um das zukünftige gesell-
schaftliche Miteinander mitzugestalten. Alles war ge-
nullt worden, das Blatt der Zukunft war bis auf wenige
Ausnahmen völlig blank, Zielpunkt unbekannt. Es war
eine einmalige Chance, Egoismus und Narzissmus in die
Ecke zu parken, und die Geschichte eigenverantwortlich
neu zu schreiben. Die bisher nie da gewesenen Vernet-
zungsmöglichkeiten würden als Lokomotive für einen
Zug fungieren, der für jeden Willigen einen sinnvollen
Platz im richtigen Wagon bereithalten würde.

Begleitet von ihrem Cousin nimmt C. zielstrebig den
Gang Richtung Museum. Es ist soweit: die neue Lightshow wird auch hier eingeweiht. Jedes Quartal wird sich
eine europäische Stadt vorstellen dürfen. Es ist einfach
eine alte Halle, die sich nun durch Lichteffekte, Bild und
Videoprojektionen, lokale Musik, authentisches Ambiente und Speisespezialitäten als lebende Stadt verklei-
det - fern vom Original aber mit einer Treue, die nur
durch modernste Technik gewährleistet werden kann.
Das ist ein innovatives Konzept, das nun europaweit verbreitet werden soll, eine neue Art der Teilhabe an der
Einzigartigkeit und den Besonderheiten eines jeden Ortes. Es sind Einwohner zugeschaltet mit denen man sich
unterhalten kann. Es gibt einen Historienraum, der bildlich zusammenfasst, was die Stadt ausmacht. Es gibt
eine virtuelle Stadttour um die Sehenswürdigkeiten zu
erkunden. Das alles vollkommen real und hautnah - persönlicher, vielfältiger und vollständiger als ein Tourist es

je vor Ort erlebt hat. Für die Premiere lädt sich Bergamo - das erste europäische Corona-Epizentrum in der italienischen Lombardei - als Ehrengast in aller Welt ein. Eine bescheidene Hommage an diesen wunderbaren Ort und seine Einwohner, nachdem sie damals zutiefst getroffen und zunächst weitgehend allein gelassen worden waren. Die beiden gesellen sich zu einer gemischten Gruppe von Einheimischen der Generationen Y und Z, die in Altstadtstimmung einen Aperitivo genießt. Sie stellen sich gegenseitig vor und stoßen ungezwungen an. Nach einer spaßigen und geselligen halben Stunde leiten drei der Mitglieder in eine Narration der damaligen Zustände über.

Immer und immer wieder werden Erlebnisse, Erfahrungen und Erkenntnisse geteilt. Über diesen schmerzhaften Teil der Geschichte dürfe genau so wenig wie über den 2. Weltkrieg im 20. Jahrhundert geschwiegen werden. Auch wenn es bei weitem nicht so viele Leben gekostet hatte, hatte der Wiederaufbau der Wirtschaft genau so viel Anstrengung gefordert. Die Digitalisierung von beinahe allen Branchen war zwar beschleunigt worden, doch überall waren Pleitewellen - privat wie geschäftlich - nicht vermeidbar gewesen. Existenzen hatten neu aufgebaut, Systeme und Beziehungen neu erdacht werden müssen. Die Politik hatte offensichtlich spät reagiert und oftmals zu undifferenziert Verbote ausgesprochen, so dass kein Stein auf dem anderen geblieben war. Daraufhin wurde generell hinterfragt, wie Corona die Welt so kalt hatte erwischen können und warum es in einer so vernetzten Welt keine Alternative zu Lockdowns und Nationalismus gegeben hatte. Wenngleich

Grenzschließungen, Protektionismus und freiheitberau-
bende Regeln die Reaktion der Wahl in der Panik gewe-
sen waren, hatte jeder Europäer im Herzen gespürt, dass
die grenzübergreifenden Vernetzungen unverzichtbar
waren. Lange wurde dann gekämpft und geworben, bis
Gemeinsamkeiten und Ergänzungen wiedererkannt und
akzeptiert worden waren. Knapp war die Welt - allen vo-
ran Europa - einer vollkommenen Abschottung entkom-
men.

Diese Gewissheit wird nun mittels solcher interakti-
ven Lightshows zeitgleich in aller Welt zelebriert. Über
zwei Monate wird die Veranstaltung täglich stattfinden.
Dankbare, selbstbestimmte, mündige Bürger werden
diese ortsunabhängig auf dem alten Kontinent und gar
in Singapur beiwohnen - und so für ein paar Stunden
Bergamo live erleben.

C. ist von den technologischen Möglichkeiten über-
wältigt. Es ist, als wäre man dort und würde durch die
Altstadt bummeln. Man fühlt mit eigener Haut wie ‚gemeinsam auf Distanz' geht, wie Präsenz in der Ferne sich
anfühlt, wie lokale Kultur, Flair und Geschichte mit allen
Sinnen global erlebt werden können - ohne dass irgend-
jemanden eine lange Reise auf sich nehmen muss. Dank
dem üppigen Angebot der lokalen Trattorias und Oste-
rias vervollständigen Originalgerüche das Erlebnis und
es wird großzügig für das leibliche Wohl gesorgt. Während Chris von seinem Tunasteak mit gegrilltem Saison-
gemüse schwärmt verkostet C. genüsslich ihre Tagliata.
Seit Jahren ist dies ihr Lieblingsgericht aus der italienischen Küche. Auch dieses Mal wird er ihr den Großteil
ihrer wöchentlichen Portion an tierischem Eiweiß

spenden. Hierauf erkunden sie spielerisch Geschichte, Topologie und Geographie der Stadt, tauschen sich hier und da mit begeisterten Anwesenden aus, nehmen Architektur, Musik und Kunst bewusst wahr und schlendern gemütlich durch den Abend.

Nachdem sie gemeinsam Bergamos geheimnisvollste Gassen und Ecken begangen und ein kleines Assortiment leckerer Spezialitäten aus einer Pasticceria degustiert haben, verlassen die beiden die Halle und kehren in die dunkle Novembernacht zurück. Sie überprüfen noch kurz die App4Dance Angebote in der Nähe und erwägen, sich spontan einer privaten Tanzparty zu gesellen. Doch das war ein langer erlebnisreicher Tag, der sich dem Ende neigt. Nach kurzem Abschied und authentischer Umarmung steigt C. in das instant-bestellte Taxi und lässt sich gedankenlos durch die Dunkelheit nach Hause befördern.

Samstag – Community

Chat – Coordinate – Commit
Contribute – Coalesce – Care

D er Samstag beginnt mal anders. Aus Zeit-
gründen verzichtet C. heute auf ihre Routine, schenkt sich stattdessen nach ihrer
kurzen Morgenmeditation ein wenig Apfelessig in ein
Glas ein und füllt es mit lauwarmem Wasser auf. Das Gemisch schmeckt nicht sonderlich lecker und lässt sie immer wieder erschaudern. Es regt jedoch den Stoffwech-
sel an, wirkt antibakteriell und verhindert die Ausbreitung von Fäulnisbakterien im Darm. Weil es sich auch
günstig auf den Insulinspiegel auswirkt, wird es häufig
von Diabetiker*innen getrunken. Dann zieht C. sich zügig an und geht sportlich bekleidet hinaus. Es ist vielfach
nachgewiesen, dass man durch den Winter munterer
durchkommt, wenn man eine gesunde Portion Aktivität
an der frischen Luft beibehält.

*Wenn sich viele angeblich in den ersten Jahren des
neuen Jahrtausends kaum dafür begeistern konnten und
sich den Winter über davor scheuten, so hatte sich dies-
bezüglich die allgemeine Ansicht nach der Pandemie
vielerorts radikal gewendet. Solche Gewohnheiten sind
nun weit verbreitet, wie zum Beispiel die, am frühen
Morgen eine knappe Stunde durch die Gärten der Stadt
zu walken. Erst als bis dahin unvorstellbare Verbote die
Einwohner Europas getroffen hatten, war es den*

Menschen klar geworden, wie wichtig ein regelmäßiger Gang oder Lauf an die frische Luft für den eigenen Aus- gleich war. Da zudem damals lange Wochen Läden, Spielplätze, öffentliche Orte sowie Parks geschlossen blieben, hatte es vielen doch in die ‚echte' Natur - in den Wald und auf Feldwege - gezogen, die ihnen bisher ver- borgen gewesen waren.

C. will heute ihren Blutdruck früh in die Gänge brin- gen und geht im schnellen Gang durch den angrenzen- den Park. Sie registriert wachsam die Frische des sonni- gen Morgens, atmet die feuchte Luft durch die Nase, be- trachtet Bäume und Büsche am Wegrand. Dabei nimmt sie ihre sanften Schritte auf die gefallenen Herbstblätter wahr. Die noch junge Erinnerung an den schönen Spät- herbst lässt Glücksgefühle in ihr hochkommen. Herbst ist schon immer ihre Lieblingsjahreszeit: die goldenen Far- ben, die tiefe Sonne, das scharfe Licht und die Natur, die langsam in den wohlverdienten Pausemodus wechselt, davor aber noch ein buntes Spektakel veranstaltet. Bald erreicht sie die Gärten, die in dieser frühen Stunde im November schon fast unheimlich ruhen. Da wo sonst die Einwohner der Stadt Hand in Hand ackern, säen, dün- gen, Unkraut jäten, gießen, ernten, mähen und schnei- den.

Die Leidenschaft für Gärten war nach den Restrik- tionsjahren völlig neu entfacht. Wo früher wenig Inte- resse bei einer immer und ständig ‚beschäftigten' Bevöl- kerung vorhanden gewesen war, hatte diese Art der ge- meinschaftlichen Selbstversorgung eine boomende Re- sonanz erlebt. Natürlich hatten die Sperren und Ein- schränkungen ganz andere Auswirkungen auf die

Einwohner der Metropolen als auf die Leute auf dem Land und in kleinen Dörfern gehabt. Gerade in den Städten, wo man völlig von funktionierenden Lieferketten abhängig gewesen war, hatte man aus der Notsituation gelernt und auf die gewachsene Solidarität aufgebaut. So hatten die Gemeinschaftsgärten eine Renaissance erlebt. Seitdem C. denken kann, sind sie ein fröhlicher Ort, wo sich Naturliebende aller Generationen treffen. Im Frühjahr und im Herbst wird gemeinsam gearbeitet, im Sommer genossen und gegossen - und lässig beim Sonnenuntergang gegrillt, gechillt, gespielt, gesungen oder musiziert. Es werden Tipps ausgetauscht, saisonale Bepflanzungspläne abgestimmt und Aufgaben verteilt. Jeder legt Hand an, die Ernten werden geteilt. Die Grundstücke werden durch Hausgemeinschaften, Einwohner einer Straße, Vereine oder Schulklassen verwaltet. Es soll jedem Spaß machen und der Gemeinschaft - beziehungsweise allen Stadtbewohnern - die Sicherheit geben, dass ihre Grundversorgung stets gesichert ist.

C. verfolgt den Rundpfad, der alle Gärten verbindet, schaut sich um und spürt langsam aber sicher die ersten Sonnenstrahlen auf ihrem Gesicht. Es wird Zeit, an den Rückweg zu denken. Als C. das Gebäude ihrer Wohnung erreicht, steht der Lieferdienst schon da. Einmal in der Woche bekommt sie den Nachschub an frischen, beziehungsweise weniger haltbaren Nahrungsmitteln wie Milchprodukten. Außerdem mitgeliefert wird ihre persönliche Auswahl an Fleisch, Fisch, Gemüse und Brot. Es gilt die persönlichen Anpassungen oder neuen Wünsche für die kommende Woche bis Mittwochabend online zu bestätigen. Der Lieferdienst kommt dann pünktlich

Samstag um 9:30 Uhr. Sie bestätigt die Annahme per Quickscan, was den Smart-Vertrag vervollständigt und die Box mit den von ihr bestellten Produkten befreit. Sie freut sich schon auf ihr ausgedehntes Wochenendfrühstück. Sobald sie alles hingerichtet hat, lädt sie ihre Schwester über Zoom hinzu. In echter Größe erscheint sie auf dem Riesenbildschirm, sie sitzt ebenfalls am Frühstückstisch - etwa 500 Kilometer entfernt. Es ist ein Brauch, den ihre Eltern seit jeher verfolgen: man trifft sich regelmäßig, zu zweit, dritt oder viert und genießt gemeinsam eine Mahlzeit der Wahl. Die Schwestern plaudern über dies und jenes als wären sie gemeinsam am Esszimmertisch. Sie tauschen sich über Erlebnisse, Kochrezepte und Wirtschaft aus. C.'s Schwester Camilla ist acht Jahre älter. Ihr neunter Geburtstag war damals eine der ersten Online Geburtstagspartys gewesen.

Aufgrund der Kontaktverbote zogen die Familientreffen online, damit die Großeltern nicht völlig allein verweilten. Später hatten sie oft mit fernlebenden Freunden, Bekannten oder Verwandten online Zusammenkünfte abgehalten. Es war Teil des neuen Lebens geworden und hatte durchaus seine Vorteile - unter anderem sparte man sich die Reisezeit. Die engen Begrüßungsgesten à la Française waren eh seitdem aus der Mode gekommen... Danach konnte jeder umgehend wieder seinen Hobbys und Beschäftigungen nachgehen. Auch wenn jetzt die Menschen viel ausgeglichener als noch Anfang der Zwanzigerjahre sind, gibt es immer noch bedeutende Unterschiede zwischen Lebensweisen und Balance-Verbundenheit. Im Allgemeinen jedoch sind nun Selbstliebe, Selbstvertrauen und Selbstbewusstsein weit genug entwickelt, so dass die Meisten sich damit austoben, ihr eigenes Leben selbständig genauso zu leben, wie sie am meisten strahlen und erfüllt sind. Allein diese Selbstverantwortung hat Berge in den zwischenmenschlichen Verhältnissen versetzt: die ständigen Vergleiche, der Neid, die Eifersucht, die Wettbewerbe um irgendwelche Status- oder Luxusgegenstände sind gewichen und haben Raum für Respekt, Liebe, Großzügigkeit, gegenseitiges Verständnis und Unterstützung auf dem jeweiligen eigenen Weg eröffnet, so dass jeder sowohl die virtuelle Nähe als auch die geographische Distanz zu schätzen weiß.

C. mag diesen Termin ungemein. Es ist ein festes Ritual in jeder Woche, welches so die Nähe in ihrer besonderen Beziehung bewahrt, während jede eigenständig ihre eigene Zukunft erschafft. Trotzdem weiß C. stets, dass ihre Schwester immer bei ihr ist, ob physisch, online oder über die magnetischen Wellen der unendlichen Energie. Natürlich liegt es größtenteils an ihren gemeinsamen Wurzeln und den jahrelangen Familiengewohnheiten. Mit ihren acht Jahren Vorsprung hatte das Leben ihrer Schwester jedoch ganz andere Wendungen genommen. Während C.s eigene Erinnerungen an die Krise quasi inexistent sind, hatte ihre Schwester durchaus die Emotionen aus der damaligen Trennung verarbeiten müssen - Trennung von der Schule, von ihren Freundinnen, von vielen ihrer bisherigen Erfahrungen, ja gar bis zum gewissen Grad vom bekannten Lebensstil...

Es hatte wirklich ein Davor und ein Danach gegeben. Nach den Tagen der Trennung und der Angst waren die der Kreativität und der virtuellen Treffen gekommen. In

Lockdown-Zeiten waren Handys und Computer zur wichtigen Brücke in der damals abgeschnittenen Welt geworden. Sowohl ihre Musikstunde, ihr Englischkurs als auch die Spiele mit ihren Freundinnen - alles war von heute auf morgen online gezogen; und vieles wurde in den folgenden Jahren auch beibehalten. So war ihre Schwester dazu gekommen, vor einigen Jahren die Lebensakademie zu gründen: ein fiktiver Treffort für Interessierte, die sich on- und offline über gewissen Themen des täglichen Lebens gegenseitig unterstützen, unterhalten oder unterrichten, eine Art praxisorientierte Lebensschule, die die Lücke zwischen Familienerziehung und Bildungssystem zu schließen vermag.

Die Schwestern sind seelisch eng verbunden und haben vieles gemeinsam. So wird viel erzählt und herzhaft gelacht. Die Zeit vergeht wie im Flug; das Frühstück schmeckt herrlich, während die Sonne hin und wieder aus ihrem Versteck hinter den hellgrauen Wolken heraustritt. Um 10:40 Uhr melden sich ihre Eltern zum Kaffee an. C. steht auf und schaltet die Kaffeemaschine an. Kaffeezeit ist in der Familie schon immer heilig. Die Bohnen werden gemahlen und der doppelte Espresso fließt duftend in die bereitgestellte Tasse. Alle begeben sich zu Tisch und freuen sich auf diesen genussvollen Moment des Beisammenseins. Man plaudert kurz über dies und jenes, als würde man gemeinsam im Stadtcafé sitzen. Die Technik hat gewaltige Fortschritte gemacht, so dass solche Treffen sich genau wie in echt anfühlen. Dieser wundersame Familienvormittag wird mit Fernküsschen beendet. Nachdem sie ihren Clean-Roboter mit den notwendigen Putzarbeiten in ihrer Wohnung beauftragt hat, ist es für C. Zeit in die Community-Lagerhalle zu flitzen. C. liebt es schon immer, gemeinsam mit anderen an praktischen Stellschrauben zu drehen, damit die heutige Gesellschaft funktioniert. Samstag um die Mittagszeit ist momentan ihre ‚Give Back' Zeit.

Um die Balance im eigenen Leben zu halten, sind die meisten Leute sogenannten Care-Börsen beigetreten. Man darf sich die Aufgaben aussuchen und flexibel in den individuellen Wochenplan einbauen. Man kann eigene Talente anderen zur Verfügung stellen oder einfach bei sozialen oder gemeinschaftlichen Projekten mitwirken. Dank einer schlauen und zielorientierten Community Verlinkung werden Anmeldungen und Kontaktaufnahmen in Sekunden erledigt, Treffpunkte mit der Leichtigkeit eines Kinderspiels festgelegt. Der gravierende Siegeszug der Online Welt und die in der Pandemie vermissten persönlichen Kontakte hatten bei vielen den Willen entfacht, sich auch lokal zu vernetzen. Die Digitalisierung hatte es smart und zügig ermöglicht. So war in unmittelbarer Nähe jedes Einzelnen ein greifbarer Ausgleich zur wachsenden Anonymität in den endlosen Weiten des Netzes erschaffen worden. Dies hatte Vereinen sowie Gemeinschaften einen kostbaren Auftrieb verliehen, dessen unvergleichlichen Wert Jeder und Jede heute täglich genießen darf. Gut organisierte Communities liefern oft rasch und unkompliziert Lösung oder Entlastung. Man bekommt schnell Hilfe oder springt spontan ein, um anderen behilflich zu sein. Dabei wachsen Respekt und Wertschätzung sowie das Gefühl dazu zu gehören. In der Form von smarten, ineinandergreifenden Ökosystemen haben Globalisierung und einstiges Dorfleben schließlich zueinander gefunden.

Ihre heutige Teilhabe besteht darin, die monatlichen Bestellungen der Haushalte zu konsolidieren und zu organisieren. Neben der monatlichen Refill-Bestellung und den wöchentlichen Lieferungen an Frischprodukten, bestellen optimierte Haushalte für gewöhnlich geballt die restlichen Artikel des täglichen Bedarfs: Drogerieartikel, Kosmetika, Süßigkeiten, Getränke und sonstige Wunschprodukte. So werden hier wöchentlich die Bedarfe des Viertels konsolidiert, an Läden und Lieferanten übermittelt, beziehungsweise die Bestellungen der letzten Woche für die Verteilung vorbereitet.

Diese neuen Gewohnheiten wurden damals in der Zeit der knappen Waren geboren. Heute werden sie jedoch immer noch viel benutzt: Familien sparen sich Zeit und vor allem Schleppzeit, die Läden brauchen weniger Verkaufsfläche, die Waren haben kürzere Transportwege, so dass insgesamt Ressourcen eingespart und bessere Preise für alle erreicht werden können. In einer ‚weniger ist mehr'-Welt liegt der Fokus sowieso auf dem Wesentlichen, so dass keiner den langwierigen Gang durch die damaligen überfüllten Supermärke vermisst. Dadurch werden zudem die Haushaltsausgaben optimiert, da keine überflüssigen Produkte beim Vorbeigehen zusätzlich den Weg in den Einkaufswagen finden. Natürlich war es damals zu einer ziemlichen Frustration gekommen, als der Eintritt in die Läden limitiert wurde und die meisten Regale ohnehin nur noch gähnende Leere zeigten. Dieses System hatte dazu beigetragen, die Verteilung lebensrelevanter Waren gerecht zu orga-

nisieren, während man Kontakt und Arbeitsschritte einsparte.

C. befindet sich hier in ihrem Element - völlig im Dienst derjenigen, die weniger Zeit oder Kraft haben. Es hat etwas Beruhigendes zu denken, dass die durch die damalige Krise verstärke Solidarität immer noch täglich gelebt wird.

Sie vereinfacht das Leben von Millionen und ermöglicht jedem Freiwilligen die zufriedenstellenden Freuden des Schenkens, sowie die unendliche Dankbarkeit der Gesellschaft zu erfahren. Vieles wird heutzutage eigentlich durch Technik und Robotik erledigt, aber bei der Aufteilung einiger sonderverpackter Waren darf man noch mitmachen. Zudem bekommt jeder Kunde im Viertel bei jeder Lieferung einen kleinen Blumenstrauß - im Winter eine Packung getrockneter Kräuter - mit. So unterstützt man traditionell die im Viertel ansässigen Gärtnereien, die in jenem Verbotsfrühling fast ihre gesamte Blumenanlagen wegwerfen hatten müssen.

Nach diesem produktiven Tagesabschnitt verabschiedet sich C. von den heutigen Mitgestaltern und kehrt erfüllt nach Hause, wo die fleißige Mitarbeit ihres Clean-Roboters schon deutlich sichtbar ist. Fröhlich pflückt sie nach Belieben unterschiedliche Blätter aus ihrem Indoor-Gemüse-Turm - eine innovative Entwicklung aus der Pandemiezeit, deren Bauteile aus wiederverwertbarem Material 3D gedruckt werden und die heute praktisch zu jeder Wohnraumausstattung gehört. Aus dieser just-in-time Ernte bereitet sie sich einen frischen Salat, schneidet zwei Scheiben des frisch riechenden

Brotes und genießt diese einfache Mahlzeit in einem Moment der Stille, Acht gebend auf jeden Biss. Danach kümmert sie sich liebevoll um ihre pflanzlichen Mitbewohner. Gewissens- und achtungsvoll pflegt und bewundert sie jeden einzelnen Topfinhalt, jede Blume, jedes Blatt, die allesamt ihre Liebe täglich zurückstrahlen.

Heutzutage hat der Mensch eben gelernt, dass man mehr davon hat, wenn man sich in dem Moment verliert als wenn man permanent das Kunststück anstrebt, parallel Information aufzusaugen, Kommunikation aufrecht zu erhalten und sich dem Selbstdarstellungs-Zwang zu ergeben. Das konsequente periodische Weglegen des Handybildschirms brachte eine revidierte Fokussierung mit sich. Dank diesen nun verbreiteten ‚Off-Stunden' haben die Menschen genussvolles Essen, aufmerksames Kauen und intensives Schmecken genau so neu erlernen dürfen, wie Sorgfalt, Auffassungsgabe und Achtsamkeit ihrer unmittelbaren Umgebung gegenüber.

Abschließend gönnt sie sich noch eine kurze meditative Auszeit... Heute Nachmittag ist sie verabredet. Über die Care App hat sie ein paar Stunden ihrer Zeit zur Verfügung gestellt. Zwischen den offenen Anfragen hat ihre innere Stimme unmissverständlich entschieden und so hat C. sich bereit erklärt, zwei Kinder einer Familie der Parallelstraße ab und an zu beschäftigen. Um 14:30 Uhr holt sie die Zwillinge ab und nach einer netten Unterhaltung samt kurzem Espresso mit deren Eltern geht es los. Heutiges Ziel ist das naheliegende Altenheim. Chloe und Cesar sind gerade fünf geworden und erzählen ihr den ganzen Weg Geschichten, während sie die beiden spielerisch zur bewussten Wahrnehmung ihrer Umgebung animiert. Sie betrachten Material und Baustil der Gebäude auf dem Weg, achten auf kleine Details und diskutieren belustigt manche Farbkombinationen an den Fassaden oder in den Fenstern. Trotz ihres jungen Alters wissen die Zwillinge bestens über die Balance Bescheid und können es nicht abwarten, den Älteren zu begegnen. Auch sie wollen an diesem Nachmittag unbedingt einen positiven Beitrag leisten. Da das Wetter heute nun wirklich zu wünschen übriglässt, wurde ausgemacht, dass sie gemeinsam ihre Wahl-Oma und Opa im Seniorenheim des Viertels besuchen.

In dem Jahr der Kontaktdistanz hatte man die Großeltern nur noch von weitem oder virtuell erleben dürfen und der lebendige Austausch zwischen Generationen war von den Betroffenen oft innig vermisst worden. Auch deswegen entscheiden sich einige Familien heute bewusst, Wege zueinander kurz zu halten. Auf dem Land sprießen neue Ansiedlungsformen aus dem Boden, ausgewählte Patchwork-Gemeinschaften ermöglichen, sich zu ergänzen und wertvolle Zeit miteinander zu verbringen. Doch gerade, weil jeder Mensch heutzutage seinen eigenen Weg verfolgt und weil generell deutlich weniger gereist wird, greifen Familien gern und oft auf Wahl-Großeltern nahe ihrem momentanen Wohnort zurück. Kinder genießen dabei die entstehende Komplizenschaft und vollkommene Aufmerksamkeit während Senioren die Welt ihrer Wahl-Enkel geduldig und liebevoll bereichern.

Die Scheinwerfer der Welt hatten damals 2020 monatelang auf Krankenhäuser und Pflegeheime geleuchtet. Dankbarkeit und Bewunderung für überarbeitete

Pfleger und Krankenschwestern waren wahnsinnig gewachsen, bevor dann Mitleid und Mitgefühl dazu gekommen waren. Für viele zuhause waren diese Helden die Kämpfer und Retter an der Front, denen ja anfangs täglich vom eigenen Balkon Applaus gespendet wurde. Erst später hatten Ärzte und Krankenpfleger aller Welt vom eigentlichen Ausmaß der Katastrophe berichten dürfen - von den fehlenden Schutzartikeln bis zu verheerenden Virusausbrüchen in Pflegeheimen und Krankenhäusern. Als die Krise sich weiterschleppte hatten die grenzübergreifenden Reiseeinschränkungen auch diese ohnehin unterbesetzte Branche vor einen Gewaltakt gestellt. Und so war in der folgenden Zeit der Einsatz von digitalen Lösungen und PflegeBots beschleunigt worden, die nun in den vielverbreiteten Generationshäusern aber auch zuhause im Alter unterstützen. Auch in den übrigen Pflegeheimen haben Technologie und Digitalisierung eine entscheidende Rolle in der Umgestaltung des Pflegealltags gespielt. Die Einrichtungen waren während der Pandemie im Eiltempo digitalisiert worden, das gesamte Seniorenprogramm war online gegangen. Jeder Bewohner hatte ein eigenes Pad oder eine interaktive Brille erhalten, war von jetzt auf nachher ‚vernetzt' und konnte bei Bedarf digital betreut werden. Im Notfall waren die Bots bereit auch bei der physischen Betreuung zu unterstützen, damit das unmittelbare Risiko weiterer Epidemien-Ausbrüche zügig und konsequent eingedämmt werden konnte. Doch auch diese Entwicklungen waren gekommen, um zu bleiben.

So unterstützen digitale Lösungen heute nutzbringend die individualisierte Pflege. Sie helfen den Kontakt *zu geographisch entfernten Angehörigen und Bekannten aufrechtzuerhalten und tragen dazu bei, die kognitiven Fähigkeiten der Bewohner abwechslungsreich zu fördern. Pflegepersonal und Ärzten ermöglichen sie einen unkomplizierten Informationszugang, vereinfachte Dokumentationsprozesse sowie allgegenwärtige Austausch- und Weiterentwicklungsmöglichkeiten. Zusätzlich übernehmen Bots viele pflegeferne Tätigkeiten wie Koch, Putz- oder Wäschedienste. Die professionellen Pflegekräfte können sich nun bedarfsgerecht auf die tatsächliche Pflege, die medizinische Versorgung und den menschlichen Beistand konzentrieren, sowie eine anspruchsvolle Unterhaltung anbieten. So erfahren sie die verdiente Dankbarkeit bei gestiegener Entlastung im Alltag, während Patienten von verbesserter Qualität und breit gefächerter Individualisierung profitieren. Als zusätzlichen persönlichen Kontakt kommen Freiwillige in ihrer Give-Back Zeit zu Besuch, verbringen Zeit mit Älteren und Pflegebedürftigen und sorgen dafür, dass diese wieder vollkommen in die Gesellschaft integriert sind. Kinder suchen sich Wahl-Omas und Opas, Omas Wahl-Enkel in ihrer Umgebung aus und verabreden sich um zu basteln, backen, spielen oder Geschichten zu erzählen.*

Heute dürfen Carina und Carsten bespaßt werden. Die Kinder bringen ihnen die neusten Funktionen ihrer Lieblingsapps bei. Sie lachen und spielen gemeinsam. Cesar lernt stricken auf Carinas Schoss, Chloe und Carsten vernageln ihre neue Werkzeugkiste. C. geht zur Küche und bereitet warme Getränke für die kleine Gruppe vor.

Sie erinnert sich, wie ihre eigene Wahl-Oma ihr damals Blumen- und Vogelnamen beibrachte. Diese Nachmittage waren für sie wie eine Reise in eine andere Welt gewesen, so wie es heute noch für alle Beteiligten der Fall ist. Nach dem Inklusionsprinzip hat heute fast jedes Kind zusätzlich eine Oma oder einen Opa in seiner unmittelbaren Gegend, mit denen es Kontakt unterhält. Das Ganze beruht selbstverständlich auf Freiwilligkeit und ist voll in das Balance System integriert. Das stetige Geben und Nehmen sowie das beidseitige Lernen und Lehren stellen unvergleichbare Inspirations- und Dankbarkeitsquellen dar, die Klein und Groß unendlich schätzen. Neben Eltern, Schulen und dem Freundeskreis gehört dieser Austausch zum Alltag und ermöglicht eine natürliche gegenseitige Weiterentwicklung von Menschen, die sich im Lebenskreis gleichermaßen in der Phase der Ich-Bezogenheit befinden.

Es herrscht heute reger Verkehr im hiesigen Altenheim. C. liebt diese bewegende Stimmung: die Luft vibriert förmlich von der positiv geladenen Energie. An jeder Ecke begegnen sich vollkommen unterschiedliche Individuen voller Liebe und Zuneigung. Sie teilen den Augenblick - sei es tanzend, bastelnd, malend oder singend. Die Magie der Gegenwart ist nur zu übertreffen, wenn gemeinsame Projekte auf der Tagesordnung stehen, wie der Aufbau eines Gartenhauses oder das Reparieren wichtiger Gerätschaften.

In solchen Momenten fusionieren unterschiedlichste Talente und beweisen besser als jede Laboruntersuchung, dass gemeinsame Ziele und Visionen eine unschätzbare Motivationsquelle darstellen. Sie verbinden

Persönlichkeiten, überbrücken Differenzen, entdecken und beleuchten verborgene Talente. Sie bewegen einen von der eigenen Komfortzone zu einer Welt, in der Jeder und Jede eine bedeutsame Rolle spielen kann, darf und soll. Es verschmelzen ungeahnte Potentiale und individuelle Stärken, die bisher Unvorstellbares entstehen lassen. So werden unaufhaltsame Menschen geboren, die über sich hinauswachsen. So entstehen kraftvolle Teams, die gemeinsam viel mehr erreichen und erschaffen können, als die Summe von dem, was die Einzelnen alleine erreichen würden.

Nachdem C. hier und da einen kleinen Beitrag geleistet hat, kehrt sie zu ‚ihren Nächsten' mit heißen Schokoladen für die Kinder und duftendem Salbeitee für die Erwachsenen zurück. Die kleine Clique sammelt sich um den Tisch und würfelt gesellig eine Runde zusammen. Die aufkommende Dunkelheit läutet die Zeit der Heimkehr ein. Nach einem emotionalen Abschied machen sich die drei auf den Heimweg und tauschen sich unterwegs über erlebte Emotionen aus. Nachdem sie die Zwillinge nach Hause begleitet hat, erreicht C. ihre Wohnung, innerlich vollkommen erfüllt von ihrem Give-Back Nachmittag. Sie freut sich nun auf einen wohlverdienten Sofa-Abend. Die letzten Tage waren nun wirklich gefüllt gewesen aber auch vielfältig lohnend und unvergleichbar erfüllend - dafür ist C. innerlich sehr dankbar. Schnell ist sie umgezogen und die Häppchenplatte liegt bereit auf dem Wohnzimmertisch. Sie gießt sich ein Glas Rotwein ein und macht es sich bequem auf der Couch. Während es draußen Bindfäden regnet, ist es hier drin kuschelig warm. Einfach wundervoll. Keine nennbaren Ereignisse in den heutigen Nachrichten.

Überhaupt wird heutzutage nicht mehr so viel nach schockerregenden Scoops gejagt. Die Menschen interessieren viel mehr aussichtsvolle innovative Konzepte und erfolgreiche Storys, die kollektive Weitentwicklung beispielhaft nachweisen. Das Bewusstsein hat sich zum allgemeinen Glück nun fast vollständig transformiert und nimmt quasi nur noch positive und von Liebe gefüllte Ereignisse wahr. Der ganze Ballast des ständigen Opferseins wurde nach und nach in den letzten zwei Jahrzehnten fast restlos abgeworfen, so dass die heutige kreative, konstruktive und solidarische Gesellschaft sich viel freier entfalten kann - stetig weiter aber stets nachhaltig und selbstverständlich in der Balance.

Sie schaut kurz durch die Filmauswahl und entscheidet sich spontan für eine Komödie; so bekommen Körper und Seele die nötige Portion Humor geliefert - ihr Herz hat es wie immer gleich gewusst. In der darauffolgenden kurzen ‚Kontakteinheit' beantwortet sie ein paar Sprachnachrichten und meldet sich kurz bei Freunden, bevor sie die letzten zwei Teile ihrer Lieblingsserie streamt und sich der Spannung auf dem großen Bildschirm ergibt. Der Samstag neigt sich dem Ende. C. schaltet noch kurz beruhigende Musik ein. Nach und nach schaltet sie ihre Muskeln und Körperteile herunter. Zeit, sich den Träumen der Nacht zu ergeben.

Sonntag – Choice

Check – Conceptualize – Control
Counterbalance – Colour – Communicate

C. dreht sich im Bett um und kommt langsam zu sich. Sie öffnet im Halbschlaf das Fenster und legt sich wieder hin. Sie liebt es, die kalte Luft rein zu lassen, während sie noch die Wärme des eigenen Nestes spürt. ‚Heute ist Sonntag' scheint die Außenwelt ihr zu zuflüstern. Die perfekte Ruhe auf den Straßen, auf denen heute kein einziges Fahrzeug mit Verbrennungsmotor fahren wird - weder in dieser Stadt noch irgendwo auf der ganzen Welt.

Eigentlich wird sonntags generell gar kein Auto gefahren - außer im Notfall oder berufsbedingt. Die Menschheit hatte sich damals nach dem großen Shutdown global darauf geeinigt. Wenn Städte, Länder, gar Kontinente so schlagartig hatten runtergefahren werden können, so könne man doch gemeinsam einen Tag in der Woche nachhaltig ‚Ruhe bewahren'... Ein Tag, an dem jeder Weltbürger zu Fuß oder mit dem Rad seine Kreise zwar drehen darf, das Auto aber freiwillig stehen lässt. Die Idee war von Wissenschaftlern, Klimaschützern, Soziologen und Psychologen einheitlich vorgeschlagen worden. C.'s Eltern haben ihr immer wieder berichtet, wie sie die sehr speziellen sieben Wochen des ersten Lockdowns durchlebt hatten. Auch wenn der Verzicht auf Gruppenunterhaltung und soziale Aktivitäten eine

63

gewaltige Umgewöhnung für jeden bedeutet hatte, hatten sie auch in dieser schwierigen Periode immer versucht, Positives in der Situation zu erkennen und festzuhalten. So hatten sie sich täglich beim Aufwachen - sowie bewusst mehrmals am Tag - der faszinierenden Ruhe erfreut: fahrende Fahrzeuge waren so wenig geworden, dass jeder einzelne Tag dieser sogenannten Quarantäne die Ruhe eines Sonntags nachgeahmt hatte. Es hatte was Unheimliches, brachte aber eine vergessene Qualität in die Umgebung und in die Menschen zurück. Es brachte einfach Stille und trug gleichzeitig zur inneren Ruhe jedes Einzelnen bei.

So war dies mit einmaliger Übereinkunft aus den Aufarbeitungsgremien zurück in die einzelnen Staaten getragen worden. Seitdem sie denken kann, ist der Sonntag der Tag, an dem alles und jeder symbolisch und bewusst runterfährt. Ein Tag der Ruhe, die hautnah erfahren werden darf. Ein Tag, an dem man in sich kehren darf und/oder die Stille seiner unmittelbaren Umgebung freudig und entspannt wahrnimmt. Es wurde nicht mal von oben diktiert, sondern lediglich als Empfehlung ausgesprochen. Doch nach all den eingesperrten Tagen, nach all den strikten Verboten und langwierigen Einschränkungen, nach all den tiefen Verlusten (ob menschlich oder wirtschaftlich), die kaum jemanden verschont hatten, wurde dieser Brauch nach und nach im Namen der Helden und der Toten stillschweigend zum wöchentlichen Gedenktag jedes einzelnen Weltbürgers. Am Sonntag wird spaziert, alle Ecken der eigenen unmittelbaren Gegend erkundet, gemeinsam auf der Straße gespielt und lässig mit den Nachbarn geplaudert.

Nach dem Aufstehen widmet sich C. zunächst ihrer E-Health Kontrollen. Sie steigt auf die Waage, misst ihren Blutdruck und trägt diesen sorgfältig in ihr Gesundheits-Dashboard ein, während ihr Armband die Aktivitätsdaten der Woche überträgt. Sie piekt sich dann einen Tropfen Blut aus dem Finger heraus und lässt diesen auf die Minischeibe fallen. Das Blut wird durch einen Sensor ihres Armbands gescannt und augenblicklich an ein online Analyse-Labor geschickt. Sie bekommt am Nachmittag dann die wichtigsten Werte auf ihrem Heimbildschirm dargestellt, zusammen mit einem Menüvorschlag für die nächsten Tage, einer Liste von Zutaten, die sie idealerweise zur Optimierung ihrer Werte ihren Speisen beimischen sollte sowie - wenn notwendig - einer Vorschlagsliste von pflanzlichen Nahrungsergänzungsmitteln zur Einnahme während der nächsten drei Wochen.

So hat sich das Gesundheitssystem in den letzten 15 Jahren tatsächlich gedreht und der ‚Gesundheit' zugewandt. Die größte Krise, die die Branche je erlebt hatte, hatte dazu geführt, dass Gesundheit statt Krankheit endlich wieder gefördert wurde. Die durch den Pandemie-Vorwand eingeführten ‚freiwilligen' Datenmeldungen gepaart mit dem großen bürgerlichen Aufwachen in den folgenden Jahren hatten dieses neue Modell als Kompromiss entstehen lassen. Heutzutage werden hauptsächlich Unfallchirurgen für Notfälle, Zahnärzte zur Vorsorge und Kinderärzte zur Beratung verunsicherter Eltern gebraucht. Dazu kümmern sich ein paar Spezialisten um Erbkrankheiten und Spezialfälle und versorgen die Leute, die noch alte Lasten mit medizinischer Unterstützung abarbeiten möchten, weiter unbewusst leben oder noch

Schmerzen und Krankheiten kampflos ergeben. Eine gut vernetzte Genesungspraktiker-Community leistet gezielte Hilfe zur Selbsthilfe bei der Aufarbeitung von Spätfolgen früherer Ungleichgewichte. Weitere Spezialgebiete sind zwar vereinzelt noch vertreten, werden jedoch immer weniger benötigt, da es weitgehend gelungen ist, epigenetische Schäden großflächig mittels moderner Techniken und/oder systemischer Aufstellung zu korrigieren - im Wesentlichen aber da mehr und mehr Menschen den Weg zu sich selbst gefunden haben.

Die ‚Corona-Krise' hatte praktisch als Katalysator fungiert: sowohl das persönliche als das kollektive Bewusstsein waren gereinigt und ins nächste Level befördert worden. Wer die für sich stimmige ‚Balance' mit dem eigenen Herzen findet, stetig lebt und bewusst anpasst, erleidet automatisch so gut wie keine schweren Krankheiten. Depressionen und Burnouts sind heute praktisch völlig verschwunden. Dank ausgeglichener Lebensart, innerem Frieden, naturnahem Verhalten, abwechslungsreicher Lebensmittel usw. haben Zivilisationskrankheiten wie Stoffwechselstörungen, Herzinfarkt, Diabetes oder Krebs stark nachgelassen. Zudem darf jeder in Eigenverantwortung Routinetests durchführen und bekommt vorbeugend Vorschläge vom KI-Supportzentrum - eine Art Big-Data-Doktor, der das Sammelsurium früherer Erkenntnisse und Erfolge in kürzester Zeit durchforscht und sich situativ gleichermaßen aus dem Schatz aller bekannten Heilformen - aus aller Welt - bedient.

Vorwiegend aber entscheiden sich die heutigen Menschen bewusst für die eigene Gesundheit. Zusammen mit der hohen Selbstbeteiligung für außerordentliche und *selbst verschuldete Gesundheitskosten übernehmen sie bedingungslos die volle Verantwortung für den eigenen Körper. Die Balance-Leitfäden erinnern und motivieren sie stets zu ausreichenden Bewegungszeiten, ausgewogener Ernährung, erholsamem Schlaf, regelmäßiger Körperanstrengung, bewusster Stressreduktion, ausgleichender Ruhepausen und aufladenden Meditationseinheiten. Sie fühlen regelmäßig in sich rein, hören auf ihren Körper und lösen selbstständig angehende Blockaden mittels Bewusstseinsarbeit, Atemselbstregulierung, Akupressur, Mentalfeldtechniken, beziehungsweise Meridian- oder Reflexzonen-Massagen. Viele haben sich zudem Selbstheilungstechniken angeeignet, durch die sie sich beliebig aus dem Quantenfeld bedienen. Im äußersten Notfall bespricht man Auffälligkeiten mit einem Arzt oder Therapeuten seiner Wahl persönlich oder online, damit diesen frühzeitig entgegengewirkt werden kann. So wurde vor einigen Jahren das ‚Gesundheitssystem' endlich seines Namens würdig.*

Wie die meisten heutzutage, besucht C. als ergänzende Vorbeugungsmaßnahme drei bis vier Mal im Jahr einen Osteopathen ihres Vertrauens, der die - im Leben unvermeidbaren - kleinen Spannungen wieder löst und/oder ihren Darm und ihre inneren Organe zurück in ihre Balance massiert. Ihrer Morgenroutine folgt ein ausgiebiges Frühstück. Musik läuft im Hintergrund. Sie sendet noch verträumt eine kurze Sprachnachricht an ihre Liebe... Als Nächstes durchforscht sie ihre innere Motivation, denn heute geht es in erster Linie um sie. Nach einem kurzen Blick aus dem Fenster und auf die Wettervorhersage beschließt C. sich zunächst einigen

Zahlen, Daten und ihrer persönlichen Strategie zu widmen.

Vor allem junge Mitbürger der Generation 00 haben sich diese kraftvolle Gewohnheit angeeignet. Es geht darum, Meister seines eigenen Lebens zu sein. Dank den täglichen Meditationen erlangt man die vollständige Kontrolle über sein werdendes Lebenswerk. Die innige Selbstreflexion ermöglicht die Selbstregulierung negativer Emotionen und die stetige Ausrichtung auf das eigene Wahl-Leben. Werkzeuge wie Visualisierung werden dabei immer wieder angewandt. Steht die Richtung und das - momentan angestrebte - Wunschleben fest, fühlt man sich immer und immer wieder hinein... Parallel und anlehnend werden konkrete längerfristige Ziele formuliert, notwendige Schritte identifiziert, Bausteine und Fähigkeiten aufgelistet und als Zwischenziele definiert. Es ergibt sich eine Liste von Wunschtätigkeiten und notwendigen Aufgaben, die es dann gilt, in den eigenen Alltag zu integrieren.

C. tut dies fast wöchentlich, während sie sich in ihre wichtigen Ziele immer wieder einfühlt, um bei Bedarf frühzeitig die Richtung anpassen zu können. Sie bedient sich ihrer breitgefächerten Werkzeugkiste und ergänzt diese fortgehend. Ihr Vorteil ist, dass sie seit ihrem achten Lebensjahr so lebt und somit einen unvergleichbaren Schatz an Tools und Techniken besitzt - von Selbstmotivation und emotionaler Intelligenz bis zur intelligenten Konfliktlösung über Finanzstrategien und Kreativitätsförderung - um nur wenige zu nennen. Im Kern geht es aber vor allem darum, Klarheit über das eigene Wunschleben, die eigenen Werte und gar das eigene Ich zu erlangen und regelmäßig zu validieren. Es geht ganz einfach um sie, um ihr Leben, was sie erleben möchte und wer sie sein und werden will. Das ganze Model ist durchaus dynamisch und passt sich flexibel an das Leben an. Der ‚Wahl'-Tag gibt C. das Gefühl der vollen Kontrolle über ihren ganz persönlichen Weg. Auch wenn sie weiß, dass Vertrauen und Liebe ihre Schöpferkraft beflügeln und generell alles immer möglich machen, möchte sie die Daten, die Zahlen, die festgehaltenen Ziele und Zwischenetappen nicht missen. Denn auch sie sind ein fester Bestandteil ihres Erfolgs und ihres Glücks - dessen ist sie sich zu hundert Prozent sicher. Sie lädt zuerst ihre Finanzzahlen in ihr Cockpit hoch und bekommt sofort den vollen Überblick.

Genauso wie das Gesundheitsdashboard bietet das Finanzcockpit vor allem eine ausgeklügelte Zusammenfassung, die einem auf einen Blick sowohl aktuellen Status und letzte Erfolge als auch Themen mit Aktionsbedarf auf pfiffige Art deutlich machen.

Darin sieht sie - alles graphisch und übersichtlich dargestellt - den Stand ihrer Einnahmen gegenüber den ihrer Ausgaben. Das Grundeinkommen fließt immer am 10. des Monats ein. Zu ihren weiteren Einnahmen zählen ihre Anteile an Solardächern in ihrer Heimatstadt. Diese Investition hat sie bereits mit 12 aus eigenen Einsparungen getätigt und dann immer wieder aufgestockt. Dazu kommen Aktiendividende und ihre Honorare für die Projektbeiträge, die sie sich aussucht und durchführt. Wenn sie bis zum 20. eines Monats ausreichend Daten über die letzten vier Wochen übermittelt, die nachweisen, dass ihr Leben sich weiterhin vollkommen ‚in Balance' befindet, bekommt sie zum Monatsende als Dank die Prämie vom System.

Ihre Ausgaben hat sie völlig im Griff und hält sich momentan streng an ihre Sparrate im Hinblick auf ihre Pläne für den Sommer. Sie überweist kurz auf ihr Geldmagnetkonto, validiert ausstehende Zahlungen und wechselt die Ansicht auf ihr Depot. Seit sie denken kann, haben ihre Eltern sie in Finanzgeschehen unterrichtet und so kaufte sie früh ihre ersten Aktien und ETF Anteile. Neben monatlichen Ansparungen verfolgt sie seitdem den Ansatz des Rebalancings. Einmal im Quartal - es ist heute wieder soweit - schaut sie sich die Entwicklung ihrer fünf ausgewählten ETFs und macht die notwendigen Anpassungen beziehungsweise Zusatzkäufe, damit diese jeweils immer wieder dem von ihr anfänglich festgelegten Prozentsatz entsprechen. Dabei kauft man stets die Produkte, die sich bis jetzt am schlechtesten entwickelt haben und somit den niedrigsten Anteil im persönlichen Mix ausmachen. Einfach wie ein Kinderspiel, und zudem eines mit weitreichender Wirkung: ihr Vermögen wächst sozusagen im Schlaf - und verfolgt ganz nebenbei eigene Balance-Richtlinien. Es ist, als würde ihre positive Energie jederzeit zu ihr zurückfließen. Für alle Fälle hat sie in den letzten Jahren zusätzlich noch ein wenig Edelmetalle angesammelt. Nicht, dass es heute besonders notwendig erscheint. Die Lehre der Älteren möchte sie dennoch nicht missen und ihr weise folgen. Zu hart und unvorbereitet hatten viele die Nachwirkungen der großen Depression getroffen - vor allem die, die es gewohnt gewesen waren, viel und auf Pump zu konsumieren, oft lediglich des Konsums wegen. Solche Lehren sind nun im kollektiven Gedächtnis fest verankert und sollen nie wieder in Vergessenheit geraten.

Das System ist aber heutzutage viel ausgeglichener aufgestellt, vielschichtig, effizient, sparsam und intelligent zugleich. Die schnelle Ausweitung von KI und Digitalisierung hat viele Büro-Sklaven in die Freiheit entlassen. Dafür ist die Eigenverantwortung jedes Einzelnen um ein Vielfaches gewachsen. So beantragt man heute alles selbst - online versteht sich. Man kümmert sich eigenständig und proaktiv um seine Gesundheit, seine Bildung, Anmeldungen aller Art, seine gesamten Finanzen. Versicherungen und Rente kommen so gut wie nicht mehr vor - jedoch aus ganz unterschiedlichen Gründen: Rente wurde durch das Grundeinkommen ersetzt, während ein Großteil der Versicherungen im achtsamen Balance-Miteinander quasi überflüssig ist. Nach der Krise waren Branchen massenweise online gezogen: alles Mögliche wurde im Laufe des folgenden Jahrzehnts automatisiert oder digitalisiert. Viele Ämter wurden dadurch eingespart, das Steuersystem modifiziert, um die Robotik sinnvoll zu besteuern. So war das notwendige ‚Einkommen für alle' finanziert worden, woran man nicht hatte vorbeikommen können. Es war einfach die einzige Lösung gewesen, damit trotz dezimierten Beschäftigungsquoten eine würdige Existenzbasis geschaffen wurde und Geld im Umlauf blieb.

Es wurde jedoch erst nach ein paar Jahren verschiedener aussichtsloser Rettungsexperimente eingeführt... Jahre einer explosiven Mischung aus Warenknappheit und stetig steigender Inflation; Jahre mit immer gewaltiger werdenden Umweltkatastrophen; Jahre gewagter grüner Experimente zur Umweltrettung - bei noch fehlender Marktreife und/oder Erschwinglichkeit der erforderlichen technologischen Ersatzlösungen. Für viele, Jahre existenzieller Not und drohender Armut; für Eliten Jahre wachsender Rat- und Machtlosigkeit... Und gewiss Jahre des kollektiven Aufwachens! Manche hatten sofort mitgezogen und sich entdeckungsfreudig als Pioniere auf neue Wege bewegt. Andere hatten noch einige Zeit versucht, die Verantwortung abzugeben und sich weiterhin ihrer täglichen ,Unter'-Haltung geliefert. Die internationale Einführung hatte dann aber dazu beigetragen, dass Leute sich wieder mit beiden Füßen auf dem Boden befanden: eigenverantwortlich, respektvoller den Mitmenschen und der Umwelt gegenüber, großzügiger der Gemeinschaft gegenüber, selbstbewusst, kreativ und mit sich zufrieden. Viele hatten es schließlich begriffen: weniger ist mehr!

Lebt man bewusster und ausgeglichen, so wirkt sich das Gleichgewicht auch auf den eigenen Bedarf aus. ,Braucht' man weniger, so bekommt man automatisch wieder die Kontrolle über die eigene Lebenszeit. Erlebt man wieder wirklich ,freie' Zeit, so entsteht Raum für die Entwicklung der eigenen Talente und die Erfüllung der eigenen Berufung. Lebt man in ,Balance', erfüllt und dankbar, so zeichnen sich unzählige Möglichkeiten auf, zum Fortschritt der Gesellschaft beizutragen. Und wenn Viele es gleichzeitig tun, zu sich selbst finden und sich jederzeit das eigene Wunschleben erschaffen, so verschwinden Gier, Neid und Eigensinn von alleine: alles verschmilzt in ein kohärentes Miteinander, in dem nichts und niemand mehr ausgenutzt wird.

Es gibt natürlich verschiedene Arten, wie die Menschen mit diesem Einkommen umgehen: manche machen auf eigenen Wunsch hin zusätzlich weiter Karriere an der Spitze der Strategiegremien mancher Großfirmen oder engagieren sich in den Expertengremien, die die Politik heute leiten. Und ja - es gibt immer noch den genauen Gegensatz: Leute, denen diese Grund-Unterstützung alleinig zur Lebenshaltung genügt und welche es bevorzugen, ihre Zeit mit Spielen und Chillen zu verbringen. Aber es gibt vor allem die Vielen, die ein Leben im Sinne der Balance mittlerweile für alternativlos halten und es in vollen Zügen genießen. Selbstverständlich darf und soll jeder seine Einzigartigkeit leben. Die Balance bietet dafür einen wunderbaren aber stets flexiblen Rahmen, in dem jeder aus einer Vielfalt von Möglichkeiten wählen, seine eigene Ausgleichsformel festlegen und anpassen darf. Wichtig ist am Ende nur, dass jeder verinnerlicht, dass man selbst seines Glückes Schmied ist. Jede und Jeder hat täglich die Wahl und die Chance. Jeder darf sein und werden, was er will, so lange man bereit ist, das Erforderliche dafür zu erbringen. Ob in der Balance oder am Rande ist jeder für sich vollkommen verantwortlich: keine Ausreden mehr, keine ewigen Opfer, keine Schuldzuweisungen... Alles hat man immer in der eigenen Hand und das ist ein außenordentlich tolles Gefühl. Es gibt Aufgaben für Jede und Jeden, auf jedem kognitiven Level. Die etlichen, in der Balance verschmolzenen Plattformen sorgen jeden Tag dafür, dass Angebot und Nachfrage zueinander finden. Auf jedes Zusatzeinkommen wird eine einheitliche Quellensteuer gezahlt. Sowohl durch die Klarheit der Balance als auch durch allgegenwertig

*smarte Datenverknüpfungen lassen sich Steuererklärun-
gen praktisch auf Knopfdruck erledigen.*

Nach dieser spannenden Finanzstunde holt sie sich
ihre Ziele hervor. Ihr großer Plan stimmt ja noch - der
Sommer und die zwei Jahre nach Euroflex. Danach ist
vieles noch offen, es wird sich irgendwann ergeben, ihr
Herz wird sie offenkundig hinleiten. C. schaut sich zufrieden die Fortschritte der vergangenen Woche an. Dann
legt sie die groben Züge der nächsten Wochen bis Weih-
nachten fest und denkt kurz über die nächste Woche im
Detail nach. So wie jede Woche oder Dekade; damit sie
sich am Ende der Zeitperiode über die Schritte freuen
kann, die ihr ermöglicht haben, sich selbst und ihrem
persönlichen Ich näherzukommen.

*Alles hat System und klingt auf den ersten Blick zwar
etwas starr. Jedoch braucht es lediglich ein wenig Übung
und Disziplin. Dafür bekommt man aber eine unendlich
wertvolle Motivation, die einfach und allein vom eigenen
Inneren kommt. Alles passt zusammen, alles fügt sich ins
Ganze, alles macht Sinn - auf dem Weg zur persönlichen
Verwirklichung.*

Sie atmet tief ein und spürt einen kleinen Hunger. Sie
wäscht sorgfältig den frischen Spinat und heizt parallel
Topf und Pfanne. In den Topf kommt der Spinat, der sich
darin der Hitze unmittelbar ergeben wird. Spinat beinhaltet viele wertvolle Stoffe wie Eisen, Magnesium und
Beta Carotin. Zudem wächst er hier lokal und ist lange
erhältlich, auch im Winter. Sowohl für den Darm als für
die Muskeln und die Augen hat er positive Wirkungen.
Er ist einfach ein Vielkönner, den sie für ihr Leben gerne

genießt. Heute wird ein einfaches Spiegelei sein Begleiter sein. In der Pfanne verfestigt es sich allmählich während sie ausgewählte Gewürze darüber streut. Und schon ist das Mittagessen bereit für den Verzehr. C. richtet ihren Teller und setzt sich gemütlich ans Fenster. Nach diesem schlichten Mahl, das durch seine Klarheit inspirierend wirken mag, spürt sie, dass die Zeit für eine kleine Runde an der frischen Luft reif ist. Sportlich bekleidet läuft sie hinaus und nimmt den kürzesten Weg Richtung Wald. Es nieselt ein wenig, fühlt sich aber erfrischend an. Es stimuliert ihren Gedankengang, der den Kurven und Geraden des Waldpfades entlangbummelt. Der Wald gibt ihr schon immer Kraft und Frische und ist bei ihren wichtigsten Entscheidungen immer beteiligt. Wie symbolisch diese breite Auswahl an Querwegen und Abbiegungen, die unzähligen Möglichkeiten, seinen eigenen Pfad zu gehen und dennoch ‚richtig' anzukommen. Wie faszinierend diese Mischung an Bäumen, Büschen, Pilzen und Pflanzen, die gemeinsam zu jeder Jahreszeit und zu jeder Stunde dieses unvergleichbare Spektakel der Einheit abliefern. Wie bodenständig und einfach ihre Regeln, wie mystisch die Vielfalt an Geräuschen, wie einmalig die wechselnden Gerüche, wie inspirierend diese einmalige Symbiose...

Sie kann sich kaum vorstellen, dass die Mehrheit der Menschen Anfang des Jahrtausends diese bezaubernde Inspirationsquelle hatten vergessen können. Sie liefen auf Asphalt, in den Mengen, an Läden vorbei, rannten dem nächsten Schnäppchen hinterher, fest überzeugt, dass ihr Glück davon abhing. Erst als alles gesperrt worden war, hatten sie sich daran erinnert, dass es eine einzigartige Welt da draußen gab: ein unabhängiges Ökosystem, stark an Vielfalt und Kraft, dessen Bäume und Pflanzen täglich wachsen und sich Jahr für Jahr neu erfinden. Jedes Wesen darin könnte den anderen nicht unterschiedlicher sein, einfach einzigartig und jedoch Teil des Ganzen. Eine zusammengewürfelte Diversität mit eigenen Wurzeln am richtigen Ort, mit unbegrenzter Entwicklungsfreiheit, solange es im Sinne des Ganzen ist. Eine Einzelstück-Ansammlung, die sich friedlich ergänzt, bedingungslos gegenseitig vor Stürmen schützt und unterirdisch unsichtbar stets miteinander verbunden ist.

Die Menge entdeckte damals diesen Raum plötzlich neu, nahm ihn endlich wahr: als einzigen Ort, in dem sie sich einen ganzen Frühling lang, ja gar fast zwei Jahre lang frei bewegen hatten dürfen - zumindest hierzulande. Es hatte ‚social distancing' gebraucht, um den Wald zu entmystifizieren und als Lebensraum neu zu entdecken, ja gar Bäume zu umarmen... Da stellten manche überrascht fest, dass es sich darin viel angenehmer und gesünder rennt oder läuft als auf einem Laufband im überfüllten und lauten Fitnessstudio. Überhaupt hatten in der Pandemie-Zeit Joggen und Laufen in der Natur einen noch nie da gewesenen Boom erlebt. Plötzlich hatten viele Zeit dafür gefunden aber auch durch die plötzliche Abwesenheit des selbstgemachten Terminstresses hatten die Ausreden abgenommen. So hatte sich bei vielen die Eigenmotivation geregt, etwas für sich und die eigene Gesundheit zu tun.

Die Menschen hatten eine neue Bindung zum Wald und zu sich selbst entwickelt; eine neue Gewohnheit war nachhaltig geboren - die der genüsslichen Walderkun-

dungen: ob zu Fuß, laufend oder rennend, zu Pferd oder Drahtesel, der Wald bat stets Neues zu erleben, entdecken, bewundern oder empfinden. Und so verlieren sich nun Individuen oft und gern, allein oder in Kleingruppen, in den Wäldern ihrer Gegend. Sie suchen neue Wege, finden Ruhe, Kraft, Inspiration oder einfach Entspannung.

Heute hat der Wald etwas Melancholisches an sich. Die Stimmung ist so herbstlich, C.'s Schritte werden durch die gefallenen goldenen Blätter gedämpft, ihr Atem ist schon wärmer als die Luft. Der Wald ist ruhig, ein leichter Wind bahnt sich seinen Weg zwischen den Bäumen, die lässig nach und nach, Blatt nach Blatt, die Geschichte des eigenen Sommers loslassen, langsam in sich gehen, um Kräfte für die nächste Runde zu sammeln. C. wird sich auch nächste Woche von hier loslösen, um ihre eigene Geschichte weiter zu schreiben; doch ob dieser oder ein anderer Wald irgendwo, eines ist sicher: er wird immer da sein, so wie er immer da war. Und wenn man darin genau schaut, wird einem immer das Richtige zurückgespiegelt, der für den Moment geeignete Weg zugeflüstert: eine gemütliche Lichtung zum Innehalten empfohlen, eine Wasserfläche zum Reflektieren, einen kleinen Felsen zum Rasten, einen steinigen Pfad zum Tüfteln, einen unbekannten Abstecher um sich neu zu erfinden, eine Abzweigung um sich zu entscheiden, eine schlaue Abkürzung, eine willkommene Umgehung, eine versteckte Brücke zu neuen Ufern...

C. hält die heutige Inspirationsrunde relativ kurz. Es ist generell wenig los auf den Wegen in dieser Jahreszeit, doch dank der Neuausrichtung der Menschen gen Natur trifft man immer Gleichgesinnte auf den Pfaden. Man grüßt oder unterhält sich zwanglos über die heutige Walderfahrung - ob sportlich, meditativ, inspirativ oder kreativ.

Der Wald bietet für alles unendlich Material und Möglichkeiten. Er erbringt stets einen lebenden Beweis dafür, dass jede Einzigartigkeit sich in diesem variantenreichen Konzert so frei und so hoch entwickelt, wie es die eigenen Wünsche und Kräfte, die persönlichen Fähigkeiten, die individuellen Fertigkeiten und die örtlichen Rahmenbedingungen ermöglichen, während sie seine ganz eigene Rolle als Teil des Ganzen einnimmt. Passt das Umfeld einmal nicht mehr, so wird umgesiedelt oder umgewandelt. Es findet sich immer entweder eine wirkungsvolle Aufgabe, die einem in seiner Entwicklung unterstützt oder ein passenderer Ort, wo die eigenen Eigenschaften besser zur Geltung kommen oder geschätzt werden. Aber in einer bestimmten Gegend sind Boden und Wetter in jedem Moment für alle gleich: Alle dürfen das Beste daraus machen, was gleichzeitig sich, der Umgebung und der Welt am besten dient.

C. ist unendlich dankbar, in der heutigen Zeit höherer Bewusstheit leben zu dürfen, in der fast keiner mehr über sich jammert, die Politik zum Schuldigen für alles erklärt oder vom Staat die Rechnungen bezahlt haben will, während man sich ein ganzes Leben als Opfer äußerer Bedingungen darstellt. Daheim angekommen, entkleidet sie sich und trinkt erstmal drei volle Gläser klares Wasser, denn Wasser ist das Elixier jeglichen Lebens. Sie lächelt innerlich als die Jugend der vorigen Generation ihr in dem Sinn kommt, die völlig abhängig von Süßgetränken aller Art war. Wie toll, dass auch dieser Trend durch das große Aufwachen nach der Pandemie beendet wurde. Sie schlüpft in ihre gemütliche Home-Kleidung hinein, zündet sich die große Kerze auf dem Tisch an, schaltet Ambiente-Musik an und macht es sich bequem. Ein Knopf genügt und das Feuerhologramm erwärmt im Nu die häusliche Stimmung in der Dämmerung dieses Spätherbstabends. Eine große Tasse heißen Kakao vor sich, setzt C. sich gemütlich hin und blickt zufrieden drein.

Ja, das Leitmotiv des Balance-Lebens ist zugleich Quelle und Ergebnis ihrer tiefen Zufriedenheit. Durch die Balance hat sie die Kraft und die Kreativität, im Dienste der Gesellschaft zu stehen und an der permanenten Großbaustelle zur Herstellung einer ausgeglichenen Welt teilzuhaben. Durch ihre sinnvolle Mitwirkung fühlt sie stets Demut, Dankbarkeit und Zugehörigkeit. Die ganze Welt zieht endlich in die gleiche Richtung... Der Solutions Guide der Solar Impulse Stiftung von Bertrand Piccard hatte die meisten Ausreden verstummen lassen: diese digitale Datenbank mit 1000 qualifizierten technischen Lösungen für eine klimaneutrale Welt hatte eine Vielfalt an Technologievorschlägen für die Bereiche Wasser, Energie, Bau, Mobilität, Industrie und Landwirtschaft erfasst und so den damaligen jeweiligen Regierungen und Konzernen den Weg aufgezeigt. Am Ende hatte diese Pandemie doch etwas Gutes hervorgebracht: die Fähigkeit - ja vor allem die unfassbare Notwendigkeit - einer globalen Zusammenarbeit, um durch Technologie und stetige Erfindungen die ungewollten Fehler der vergangenen Jahrzehnte und deren Auswirkungen auf Umwelt und Lebensqualität zu korrigieren. Seit ihrer

Kindheit sind ihre Lieblingsbeispiele die Techlösungen und internationalen Kooperationen zur Wiedererstellung sauberer Meere, wie Ocean Cleanup, die Seekuh von One Earth - One Ocean, Seabin, Fishing for Litter und Pacific Garbage Screening, um nur einige zu nennen. Es gibt noch immer so viel zu tun... aber es geht steht vorwärts und der Fortschritt ist täglich greifbar.

Diese spätherbstliche Stimmung lässt sie gerade viel nachsinnen; die Dunkelheit und die allgemeine Ruhe tragen ihren nicht unwesentlichen Teil dazu bei. Ihre Uhr meldet sich und reißt sie aus ihren Gedanken. Will sie bereit für das WW-Apéro mit ihren Freunden weltweit sein, sollte sie sich ihre Rohkost-Auswahl und das kleine Winterhäppchensortiment langsam aber sicher zurechtlegen. Kohlrabi, Karotten, eingelegte Gurken und Paprikas, ein wenig Pesto Aufstrich auf die Brotreste, ein paar Mandelkerne und den Rest ihrer Studentenfutter-Mischung. Die sechs Schälchen reiht sie auf dem Tablett auf und legt die Canapés davor. Schnell holt sie noch ein kleines Porto-Glas heraus und füllt es mit ihrem Lieblingssherry... und schon ist sie startklar für dieses schöne monatliche Ereignis.

Die Regeln sind übersichtlich und unkompliziert: zu diesem zwanglosen aber traditionsbehafteten Termin kommt wer will, Lust und Zeit hat. Meist sammeln sich aber um die 15 bis 20 Bekannte und Vertraute aus aller Welt. C. freut sich sehr auf die gemeinsame Stunde mit dieser bunten Truppe. Das Apéro-Tablett vor sich am Tisch, akzeptiert sie den Vorschlag ihrer Uhr, worauf sich der Beamer einschaltet, Ton und Licht automatisch angepasst werden. Augenblicklich tauchen die Bilder der

Apéro-Ready Community auf ihrer Leinwand auf; sie winken sich einander zu, während der virtuelle Raum sich allmählich füllt. In dieser Digitalzeit ist Pünktlichkeit zur Selbstverständlichkeit geworden, fallen sowieso jegliche Stau-Ausreden völlig flach. Nach zwei Minuten sind schon alle versammelt und es wird freudig zunächst auf die Zusammenkunft angestoßen. Als nächstes werden die Kameras für eine halbe Minute auf die Apéro-Sortimente aus aller Welt gerichtet. Die Vielfalt der Köstlichkeiten wird gemeinsam bewundert bis die Gesichter der heutigen Teilnehmer wiedererscheinen. Dies ist der Startschuss für das gemeinsame Lied, das aus voller Kehle angestimmt wird, sobald der Gitarrist mit der Melodie loslegt. Das Lied ist jeden Monat ein anderes, wird vorab demokratisch aus den Vorschlägen selektiert.

Heute erklingt das symbolstarke Lied ‚Get the balance right' von Depeche Mode; alle haben es einstudiert, so dass das Ergebnis sich durchaus sehen beziehungsweise hören lässt. Im Anschluss wird nochmals feierlich angestoßen und die Runde nimmt ihren Lauf... Der Gitarrist fängt an und darf seine tiefgehende Frage an die Person seiner Wahl stellen. Diese wird ehrlich und offen in ein bis zwei Minuten beantwortet, dann darf eine eigene Frage an die nächste ausgewählte Person formuliert werden... und so weiter. Bis C. an der Reihe ist, hat sie sich köstlich amüsiert, echte Anekdoten live aus der weiten Welt gehört und die Hälfte ihrer Apéro-Platte verköstigt. Das Format findet sie einfach wunderbar, um unkompliziert und strukturiert Nähe, Echtheit und Verbundenheit digital in einer breiten Audienz zu ermöglichen. Zudem darf jeder im ‚Elevator Speech'-

Modus die eigene Fähigkeit proben, sich eloquent und präzise über persönliche Erlebnisse und Emotionen kurzzufassen, die das eigene Herz spontan auswählt - angeregt durch eine einfache authentische Frage - eine Fertigkeit, die einem im Leben stets eine willkommenen Hilfestellung ist.

An C.: „Was war oder wird für Dich das bedeutendste und intensivste Erlebnis in den letzten oder nächsten zehn Tagen?" C. richtet sich auf und erzählt von der Party, die am Dienstag ansteht und die Krönung ihres bisherigen Unternehmertums wird. Sie skizziert sprachgewandt Planung, Rahmen, Forum sowie ihre ganz persönliche Vorfreude und die dazu gehörenden Emotionen und Gefühle.

Das Setup ähnelt ein bisschen dem damaligen Vertellis-Spiel, in einer aufgewerteten und modernisierten Version - mit freier Fragen-Formulierung. Es bringt die Menschen dazu, einander zuzuhören, sich wahrhaftig mit und für jemanden zu freuen, sowie ausgewählte persönliche und emotionale Erfahrungen in einer knackigen Kurzfassung zu teilen, beziehungsweise an denen der Kamerad*innen respektvoll teilzuhaben. Kurzum ist es lebender EQ - Emotionale Intelligenz in Aktion: Empathie, aktives Zuhören, Redegewandtheit, synthetisches Denken und Formulieren sind die Schlüssel und Werkzeuge dieses einmaligen Netzwerkes, das Freunde und Gleichgesinnte aus aller Welt zusammenschweißt. Trotz maximaler geographischer Entfernung fühlt sich C. ihrer virtuellen Clique so nah, dass sie sich nicht einmal nach persönlichen Treffen sehnt. Diese Sehnsucht mag ja früher gar der gesamte Sinn mancher Leben gewesen sein. Doch heute

zählt viel mehr das Gefühl, dem großen Ganzen zu die-
nen und gemeinsam mit allen Weltbürgern am stetigen
Fortschritt mitzuwirken. Wer in der Balance lebt, sich an
der globalen Community aktiv beteiligt und im Experten-
gebiet seiner Wahl einbringt, erfährt eine viel reifere,
stärkere und qualitativere Wertschätzung als bei jedem
Quatsch und Tratsch-Meeting des Jahrhundertanfangs -
egal wie persönlich dieser damals noch von statten ging.
Zudem gehört sie ja der zweiten Digital Native Genera-
tion an, die Digitalisierung praktisch schon in der eigenen
DNA verankert hat.

Die Stunde ist wie immer rasend schnell vergangen.
Zeit für die heutigen Teilnehmer sich für das gemeinsame Abschlusstänzchen bereitzumachen. Diese vier-
minütige Hymne ist für C. schon seit geraumer Zeit der
Höhepunkt; denn sie liebt diese Art der Verbundenheit,
dieses Gefühl des kollektiven Miteinanders, bei dem alles mit allem, alle mit allen harmonieren und jede und
jeder dem Rhythmus nach der eigenen Persönlichkeit,
Fantasie und Kreativität freien Lauf lässt.

Es ist Sonntag 20:00 Uhr, Zeit für den nächsten
Gänsehautmoment! Seit sie denken kann, ist dies ein fi-
xer Termin in ihrer Agenda, denn es wurde tatsächlich
beibehalten. Es geriet nicht ins Vergessen, weder die
Pandemie samt ihren Helden und Opfern, noch die un-
erschöpfliche Kraft des gemeinschaftlichen Miteinanders. Aus diesen Gründen verbinden sie sich noch immer
jede Woche pünktlich um 20:00 Uhr mit ihren Nachbarn... und werden in einer unbeschreiblich intensiven
Weise jedes Mal aufs Neue ‚geflasht'.

Jede Gasse des Viertels, jedes Viertel der Stadt, jede Stadt der Region, jede Region des Landes, jedes Land des Kontinents: jede Ecke der Welt ist sonntags punkt 20:00 Uhr auf der Straße. Mittels neuartiger Technologien werden die Worte der für diese Edition ausgewählten Lieder auf die Fassaden gestrahlt. Instrumentalisten sorgen für die Akustik, während alle anderen mit ihren Stimmen im Chor die Worte veredeln. Es ist Gänsehaut pur, das schönste Mitmach-Event des Jahrhunderts: ein Moment, in dem Jede und Jeder präsent ist, verankert in seiner heutigen Geographie, verbunden mit all denjenigen, die sich heute, hier und jetzt, den gleichen analogen Ort ausgewählt haben. Einfach unbeschreiblich schön: eines der bezauberndsten und gefühlsvollsten Erlebnisse überhaupt... ein bewegender Nachweis, dass Menschen aus der 20er Krise am Ende gelernt haben... vor allem aber der zutreffendste Ausdruck für die wichtige und wiederkehrende Erinnerung, dass MITeinander ALLES möglich ist.

Nach diesen zwei hoch emotionalen Momenten, die zufälligerweise dieses Mal gleich aufeinander folgten, fühlt sich C. vollkommen mit Liebe und Dankbarkeit erfüllt. Sie sperrt die Balkontür zu und lässt sich happy in den Sessel fallen, legt die Beine hoch, schließt ihre Augen und atmet langsam tief durch. Umgarnt durch das immer noch schwebende Glücksgefühl der Vollkommenheit durchlebt sie erneut mehrmals hautnah die Perfektion der letzten Stunde und lässt das Gefühl sich in jede einzelne ihrer Zellen einprägen. Atemzug nach Atemzug verbreiten sich die unzähligen Dopamin-

Bläschen ihren Adern und Venen entlang und versorgen ihren gesamten Körper mit unvergleichbarer Erfüllung!

Einen solch wunderbaren Tag möchte sie gebührend krönen und beschließt spontan, sich ihr Leibgericht zukommen zu lassen. Drei Klicks weiter ist die Bestellung schon bestätigt, sie schaltet sich kurz in die Küche ihres japanischen Lieblingsrestaurants in der Stadt ein, um den Koch beim Zusammensetzen ihres wohlverdienten Abendessens zuzusehen. Während ihr voller Vorfreude das Wasser im Munde zusammenläuft, nimmt sie gedankenverloren wahr, dass auch diese heutige Selbstverständlichkeit ein Erbe aus der Pandemiezeit ist...

In den mehrmaligen Sperrstunden und Lockdowns hatte auch die Gastronomie sich neu erfinden dürfen und müssen. Auch sie hatte den Schritt online gewagt. Heute ist das Online Geschäft nicht mehr weg zu denken. Das gilt sowohl für Bars, Restaurants, Eisdielen als auch für die Unterhaltungsbranche, in der nun Magier, Sänger und Kabarettisten einen nicht erschwinglichen Teil ihres Umsatzes aus dem Online Geschäft einfahren.

Ihr Gericht - eine leckere vegetarische Sushiplatte mit knackigem Gemüse - ist schon auf dem Weg, ihren Dank hat sie dem Koch persönlich kundgetan... Als ein paar Minuten später die Drohne die Lieferung abgibt, läuft schon eine schöne Lounge-Musik, so dass C. sich nur noch dem genussvollen Verzehr widmen darf. Was für ein SONNtag, sinniert sie... Heute wird sie wohl nach dem Baden nur noch ein paar Seiten lesen, oder vielleicht gar einfach die Seele im Rhythmus der

Entspannungsmusik baumeln lassen bis sie friedlich und zufrieden einschläft.

Montag – Creativity

Compound – Cooperate – Concert
Comply – Culminate – Cheer

Das Licht des dämmernden Morgens strahlt langsam ins Zimmer hinein. C. kommt langsam zu sich und geht nahtlos in ihre morgige Meditation über. Diese krafttankende Gewohnheit läutet meist den Anfang eines neuen Tages ein, den sie wieder für sich und die Weltgemeinschaft gestalten darf. Und so reist sie zunächst in Gedanken ihren innersten Wünschen und Plänen entgegen. Sie stellt sich vor, ihre anstehende Reise mit ihrem Schatz in der Sonne zu genießen, fühlt sich aber auch schon in zukünftige Herausforderungen hinein. Sie empfindet jetzt schon die Sicherheit bringende Nähe, die beruhigende Hilfsbereitschaft, die fruchtbaren Kooperationen und konstruktive Partnerschaften, auf den nächsten Stationen ihrer Lebensreise. Denn das ist sicher einer der Knackpunkte, die das neue Mindset mitgeprägt haben.

Es geht nicht nur um das Planen eigener Unterhaltungen, nicht nur um das private Reisen als Zweck an sich oder in der Hoffnung sich durch unzählige Erlebnisse des eigenen Lebens bewusst zu werden. Es geht nicht mehr um den Drang des Nehmens, des zwanghaften Genießens und Konsumierens, des schnellen und ruhelosen Abhakens in ein sich hochschaukelndes Rattenrennen, das kein Ende zu finden scheint… Angebote der

Reiseunternehmen sind heute auf Völkerverständigung ausgelegt und nehmen Ausbeutung von Einheimischen und rücksichtslose Zerstörung von Natur und Umwelt nicht mehr in Kauf. Vor allem aber kommt so ein echter Urlaub, wie C. nächsten Monat erleben wird heutzutage sehr viel seltener vor. Es ist aber nicht mal hauptsächlich der Balance Bestimmungen wegen, es liegt viel mehr an der neuen Lebensart, die den Menschen gelehrt hat, dass das Geben sich nachhaltig erfüllender auswirkt... dass das Einbringen der eigenen Fähigkeiten dem globalen Fortschritt zugute viel mehr Freude bereitet, als permanentes Chillen als Fremder an der Standpromenade eines noch so paradiesischen Ortes.

Ja, am Ende der fast zwei Jahre langen ‚Corona-Maßnahmen' hatten die Menschen schlussendlich zu sich selbst gefunden. Sie hatten ihre Lebensenergie auf die eigene Entwicklung und Gestaltungskraft gelenkt, ihre Zeit wertvoll eingeteilt und auf sich lohnenden Tätigkeiten konzentriert: sie hatten quasi angefangen, die Eigenverantwortung zurück zu erlangen.

Als nächster Programpunkt dieses einzigartigen Montagmorgens steht natürlich die tägliche Gymnastik. Als C. ihr Bett macht, findet sie das Buch, das die paar Zeilen enthält, die sie gestern in den Schlaf gewiegt haben. Ja, es ist ein echtes Buch aus Papier, wunderschön gebunden, ein Geschenk ihres Mentors. Sie liebt es, Bücher in den Händen zu halten, die Geheimnisse ihrer Blätter zu erkunden, sich die Anzahl der anstehenden Abenteuer am Buchgewicht auszumalen... Es ist ein wenig wie ein Offline Date, bei dem alle Bildschirme ausgeschaltet bleiben, um den Zauber des Tête-à-Tête nicht zu stören.

Nach ihren morgigen Dehn-, Yoga und BBP-Übungen begibt sich C. Richtung Küche. Doch heute darf die Müsli-Mix-Maschine im Ruhezustand verbleiben, denn C. entscheidet, ihren wöchentlichen Apfel-Tag einzulegen. Bis zum Abend wird sie lediglich Äpfel - in verschiedenen Formen - verkosten. Schon zum Frühstück geht's los mit einem Glas Apfelsaft, dem C. den Saft einer halben Zitrone und einen Teelöffel Honig beifügt. Den Apfelsaft soll man möglichst nicht kalt aus dem Kühlschrank, sondern leicht temperiert und schluckweise trinken - nach Erwärmung im lauwarmen Wasserbad. Im Laufe des Vormittags soll man zwei rohe, ungespritzte Äpfel aus biologischem Anbau mit Schale verspeisen und dabei die Fruchtstücke gut kauen. Das Mittagessen wird durch einen warmen, mit Honig gesüßten Apfelschalentee ersetzt. Als Zwischenmahlzeit am Nachmittag gibt es dann zwei Stunden später - wer hätte das gedacht - zwei oder drei ungeschälte rohe Äpfel. Damit auch das Trinken nicht zu kurz kommt, gibt es gegen 15:00 Uhr und 16:00 Uhr jeweils ein Glas lauwarmen Apfelsaft.

Schöne frische, saftige Äpfel. Äpfel können die Senkung von Blutdruck, Cholesterin- und Blutfettwerten unterstützen. Ganze Äpfel führen kurzzeitig im Körper zu einer Überversorgung an Vitamin C. Dies wirkt sich auf die Verdauung aus, denn die ganzen überschüssigen Vitalstoffe müssen ausgeschieden werden. Äpfel sind wahre Pektin-Bomben - und vor allem das macht sie zu natürlichen Heilmitteln für den Darm. Zudem entwässert das enthaltene Kalium und hilft so, wenn nötig, innerhalb kurzer Zeit einige Kilos zu verlieren. Kurzum verfügen Äpfel über vielfältige Tugenden, die sie zu einem besonders wertvollen Naturheilmittel machen.

Während C. ihre zwei Äpfel feinfühlig wäscht und schneidet, nimmt sie den ersten Sonnenstrahl des Tages dankbar entgegen. Sie setzt sich auf den gemütlichen Barhocker, kaut langsam und genussvoll die mundgerecht geschnittenen Apfelstücke und stellt sich vor, wie diese ihrem Körper all das spenden, was im fortgeschrittenen Herbst so bitter nötig ist.

So eine Gewohnheit ist heute viel verbreitet und zweifelsfrei eine der meistangewandten ‚Best Practice' der Balance Lebensart. Weit und breit fast keine Spur mehr vom damaligen Industrieessen und den dadurch notwendigen Pharma-Präparaten, um diesen unvollkommenen und teils gar schädlichen Fraß irgendwie bekömmlicher zu machen - zumindest oberflächlich. Als es wissenschaftlich belegt und nachgewiesen wurde, dass solche Mängel in der täglichen Ernährung einen der Hauptgründe für die hohen Opferzahlen der ersten Pandemie dargestellt hatten, war es der Menschheit endgültig klar geworden, dass diese Naturentfremdung keinesfalls weitergehen sollte. Von da an hatten dann die meisten angefangen, ihre Ess- und Bewegungsgewohnheiten umzukrempeln. Sie hatten sich endlich zu einfachen - meist naturbehafteten - Zutaten besonnen und der Lebensmittelindustrie eine existenzielle Krise beschert. Gefolgt hatte dann die Pharmaindustrie, die ja dank ‚Industrie'-gemachten Krankheiten ihren stetig exponentiell steigenden Umsatz genossen hatte. Und so investieren die Menschen heute ihre Zeit lieber in eine gesunde und vielfach genussvollere Lebensweise anstatt diese im Wartezimmer eines Arztes abzusitzen. Statt reguläre 'Abo-Termine' bei 'Spezialisten' aller Art wahrzunehmen - die ihre Patienten samt ihrer Pathologien zwar oberflächlich anhörten, sie jedoch hauptsächlich zu Selbstzwecken bestätigten - hat jeder nur noch mit sich selbst einen Pakt, ja gar fast ein unkündbares 'Abo' in 3 Teilen: 1. Sich - sprich Körper, Geist und Seele - stetig, intensiv und authentisch wahrzunehmen. 2. Jegliche 'Blockaden' physischer wie psychischer Natur selbst zu lösen. 3. Sich zeitnah alles zu gönnen, was zum Erhalt des eigenen Wohlbefindens und persönlichen Ausgleichs notwendig ist. Diese bewusste Annahme der Eigenverantwortung hatte eine so befreiende Wirkung gehabt... Ein jahrhundertlanges Paradigma war dadurch auf den Kopf gestellt worden: kaum ein Mensch war mehr krank, jeder war Herr seines Lebens, genoss die Freiheit sich im Rahmen der Balance so zu verwöhnen, dass jeder einzelne Moment sich so perfekt anfühlte und dem nächsten wie das passende 3D-Puzzle Stück fügte.

C. richtet es sich heute im 'Home Office' - wie ihre Eltern es immer noch nennen - gemütlich ein. Sie genießt es, wenn räumliche und gedankliche Grenzen einfach verschmelzen und findet es dann immer einfach, sich auf die anstehenden Aufgaben zu fokussieren.

Heutzutage ist praktisch jede Wohnung und jedes Haus gleich 'Home Office' oder besser gesagt 'Creative Optim'Home'. Die Technologie ist überall bereitgestellt und immer einsatzbereit, regelmäßige Aktualisierungen sowie aktuellste Sicherheitsstandards, Upgrades und

Wartungen eine Selbstverständlichkeit und einfach Teil der Wohnnebenkosten.

Doch die tatsächliche technische Ausstattung war damals nicht die schwierigste Hürde gewesen. Vielmehr waren es wieder einmal eingeschränkte Vorstellungen und veraltete Strukturen, die der heutigen freien Gestaltungswelt Steine in den Weg gelegt hatten. Als die Pandemie ausgebrochen war, gingen die ‚Arbeiter' fleißig in ihre Arbeitsstätte, stempelten starr und altmodisch an der Eingangstür und saßen dann den ganzen Tag lang ‚aufgeräumt' an ihren Schreibtischen. Es zählte lediglich die physische Präsenz. Die Zeit wurde vielerorts brav abgesessen und der damalige Vorgesetzte hatte alle schön im Blick, jedoch keinerlei Vorstellung der unbegrenzten Fähigkeiten dieses fügsamen Haufens. Hätte man nur die Begeisterung in jedem Einzelnen entfacht und täglich einen einzigen kurzen Flow Moment herbeigeführt...

Zunächst waren Firmen gezwungen worden, so viel wie möglich ‚Home Office' zu ermöglichen. So wurden Laptop, Drucker und Kopfhörer bestellt, Konferenz-Lösungen installiert und Mitarbeiter aus den Büros gejagt. Doch gleichwohl Manager wie jedes einzelne Teammitglied übernahm zunächst das alte System in die neue Umgebung. So quälten sich die meisten lange Stunden in unendlichen Meetings in einer winzigen Wohnungsecke. So saßen Familienväter so lange in ihre Bildschirme starrend da, bis ihre eigenen Kinder ins Bett gebracht worden waren. So riefen übereifrige Chefs, frohlockend über die erweiterte Verfügbarkeit ihrer Mitarbeiter, diese rund um die Uhr auf deren mobilen Telefonen an. So waren berufstätige Mütter im Wirrwarr aus Telefon-

*konferenzen, Haushaltslogistik und ‚Home Schooling'
vollkommen allein gelassen worden. Auf diese Weise
hatten viele die Vielfalt der Vorteile, die das ‚Distanz-Ar-
beiten' anbot, zuerst unterschätzt; Vorteile, die sich von
der Flexibilität über die Zeitersparnis bis hin zum abwechslungsreichen Wochen-Rhythmus zogen.*

*Doch als alle brav in die Büros zurückgepfiffen wur-
den, wurde bald allen klar, dass sich ein tiefer Sinneswandel in Bewegung gesetzt hatte. Die Balance-Bewe-
gung hatte sich auch in diesem Bereich angefangen aus-
zubreiten und zu einer wahrhaftigen Transformation geführt. Einige (meist amerikanische) Pionier-Firmen des
Technologie-Sektors hatten das flexible Arbeiten neu definiert und ohne Zögern weitgehend eingeführt. Heute ist
es ein Teil des täglichen Lebens und des neuen Mobili-
tätskonzeptes. Es geht gar noch weiter als sich einfach
mal heimisch einzurichten und mit fachlichen Themen
auseinanderzusetzen.*

Wo man früher still und selbstlos für die Firma seine
Zeit absaß, geht C. heute bewusst mit Prioritäten und
Einsatz um. Dabei bindet sie ihre ‚Deadline' Aktivitäten
und Kreativität-Einheiten eigenverantwortlich in ihre Lebenszeit ein. Sie bespricht alltägliche Themen, während
sie autonom gefahren wird oder durch den Park schlen-
dert. Sie geht zum Co-Working Zentrum, wenn sie ex-
terne Kontakte oder unbefangene Inspirationen sucht.
Sie verabredet sich gelegentlich mit Kollegen an schönen
Orten, um ihre jeweiligen Ideen zu formulieren, alternative Ansichten zu erörtern beziehungsweise darüber zu
debattieren. Doch das Gros ihrer kreativen Aufgaben gestaltet sie bequem von ihrem Sofa aus. Hier fühlt sie sich

am wohlsten und wagt es ihren verrücktesten Entwürfen freien Lauf zu lassen. Hier holt sie sich wenn nötig einen Experten augenblicklich auf ihren Bildschirm zu Rat. Hier bekommt sie ihre Gedanken am häufigsten in den Flow. Hier gestaltet sie fokussiert und innovativ. Hier stellt sie frei und ungestört ihre Meinung, Argumente und Modelle jedem noch so wichtigen virtuellen Zuhörerforum dar. Ja, diese Freiheit mag sie auf keinen Fall vermissen. Erst in ihrer kleinen ‚Creative Optim'Home' Blase werden ihre Synapsen optimal verlinkt, ihre besten Ideen geboren, ihre Visionen veredelt.

Heutzutage macht jede Branche einfach mit, und sogar wo früher Präsenz für unabdingbar gehalten worden war, kam schließlich die einschlägige Erkenntnis, dass es in jeder Rolle, in jedem Beruf administrative oder prozesslastige Tätigkeitsfelder gibt, die sich schnell und effektiv auch daheim bequem erledigen lassen. Weiterentwicklung und Schulungsmaßnahmen eignen sich da genauso wie die kreative Einbeziehung (Creative Embracing) jedes Einzelnen. Auf jedem Level, in jeder Branche, darf, soll und will sich jeder weiterbilden, an Diskussionspodien beteiligen oder innovative Strategien und herausfordernde Vorschläge mit Gleichgesinnten erarbeiten. Sicherlich hatten die radikale Umstrukturierung, die massive Robotisierung, die allgegenwärtige Digitalisierung dies erst ermöglicht. Doch es hatte auch und vor allem ein völlig neues Mindset gebraucht. Aus dem stetigen Wettbewerb, der früher durch Gier und Eigensinn animiert wurde, hatte sich dank der neuen Bewusstheit ein kreatives, williges Miteinander entwickelt, das allein

durch eine spontane Schwarmmotivation Berge verset-
zen kann.

Die Testjahre hatten bewiesen, dass das sogenannte
‚Home Office‘ enorm viele Vorteile hatte. Angefangen
von wegfallenden ‚Office‘-Kosten und schwindenden
Krankheitstagen, die Unternehmen und Organisationen
überzeugt hatten, hatte es auch für die Mitarbeiter eini-
ges positiv verändert. Mehr Schlaf, weniger Pendelzeit
und vereinfachte Logistik hatten schlagartig für bessere
Gesundheit gesorgt. Gleichzeitig hatte die Umwelt redu-
zierte Emissionen genossen, die Gemeinden geminderte
Unfallzahlen. Doch während Staus endlich der Ge-
schichte angehörten, hatten die Menschen selbst den
Hauptgewinn gezogen: mehr qualitative Lebenszeit.

Tatsächlich steht das Leben heute im Zentrum und die
vermeintliche ‚Arbeit‘ fügt sich flexibel in die Gestal-
tungsfreiheit jedes Einzelnen ein. Den wichtigsten Bau-
stein dafür liefert das Vertrauen. Durch die allgegenwär-
tig verbreitete Balance stehen Respekt und Harmonie im
Zentrum. Wo früher Kontrolle und Wettbewerb regierten
hat sich ein selbstregulierender Organismus aus Selbst-
Disziplin, Selbst-Motivation und 360°-Achtung (vor sich
selbst gleichermaßen wie vor allem und allen anderen)
etabliert. Das dadurch entfachte Vertrauen bildet die Ba-
sis. Das globale Ziel, gemeinsam ‚Besseres zu erschaf-
fen‘, lässt die Motivation entfachen. Das Wir-Gefühl
nährt die Disziplin. Aus der Chance zur freien Gestaltung
entsteht genau DIE Begeisterung, die Grenzen versetzt
und stetigen Fortschritt erschafft.

So sind Vertrauen, Disziplin, Respekt und Motivation nun intrinsische Komponenten der allgegenwärtigen Begeisterung, die C. und ihre Mitmenschen täglich erleben dürfen. Sie fühlen sich als Teil des Ganzen, wertgeschätzt und geachtet. Sie wachsen stets über sich hinaus, sie schätzen die Fähigkeiten und Talente der anderen, würdigen Unterschiede, heißen konstruktive Kritik stets willkommen, freuen sich über Gegenargumente. Kurzum werden sie durch diese respektvoll interagierende Vielfalt als Gesellschaft regelrecht beflügelt. Doch der radikale Unterschied zu der vorpandemischen Zeit liegt im Kern darin, dass die damals genannte ‚Arbeit' zu VEBAWA mutiert ist: ‚Verantwortungsvolle Einbringung seiner Besten Attribute zum Wohle Aller' ist die neue Devise. Die Welt hatte sich ein Beispiel an der weltweiten Zusammenarbeit der Forscher und Musiker in der Covid19-Pandemie genommen. Heute bringt sich jeder ein, genau da, wo er am besten und am liebsten liefert, um das große Ganze - sprich unseren Planeten und seinen Bewohnern - zu einem besseren und dauerhaft lebenswerten Ort zu machen. Gemeinsame Ergebnisse und messbare Fortschritte haben die Stempeluhren ersetzt, Digitalisierung und virtuelle Welt die geographischen Entfernungen zerschmolzen. JA! In der heutigen ‚postwork' Gesellschaft bedeutet Arbeit Gestaltung und die damals stempelnden oder gar oft abgestempelten Mitarbeiter sind heute stolze Mitgestalter!

Was für eine Begeisterung darf aus dieser schöpferischen Freiheit entspringen! Und was für unendliche Möglichkeiten aus dieser Begeisterung entstehen...

reflektiert C., während ihr neuster Entwurf von ihrem persönlichen KI-Assistenten optimiert wird.

Allerdings war auch das ein langer Weg gewesen. Denn zuerst hatten die Menschen die allzu oft selbst auferlegten Einschränkungen durchbrechen müssen. Sie hatten sich verwandeln dürfen, die durch ihre ‚Erziehung' eingetrichterte ‚Schuld' ablegen dürfen. Sie hatten ihre Neigung zur Opferrolle und Passivität abschütteln, jegliche niedrige Emotionen durch Fülle und Liebe ersetzen dürfen. Vor allem hatten sie Selbstvertrauen tanken und jegliche Bevormundung in die Schranken verweisen dürfen. Die Balance hatte den letzten Dominostein umgestossen, indem sie Gier und Macht zur völligen Sinnlosigkeit hatte verkommen lassen.

Es klingelt leise und ihr Bildschirm blinkt kurz... Im Nu versetzt C. ihr Hologramm in einen virtuellen Besprechungsraum, wo sie eine kurze und sachliche Diskussion mit ihrem Expertengremium führt. Sie genießt diese respektvollen Begegnungen, die gezielt zur Validierung oder Ergänzung der aufbereiteten Vorschläge führen. Sie findet es erfrischend und angenehm zugleich. Seit ihren Teenagerzeiten agiert sie in solchen Foren und Gremien, deren Strukturen sie durchaus geprägt haben, indem sie stets zur Beteiligung und Engagement animieren. Sie ist froh darüber, dass dieser liebevolle und fürsorgliche Umgang in der jetzigen Zeit einfach selbstverständlich ist; noch mehr darüber, dass nahezu jedes Individuum sich dazu bekennt und es innig lebt...

Auch das ist ein Resultat der Balance, denn mit der Chancengleichheit zur Mitwirkung sowie der freien

Selbstgestaltung des eigenen Lebens im Sinne der Balance hat der Respekt zugenommen: Respekt vor der Natur, vor den Anderen, ihrer Weltanschauung und alternativen Perspektiven. Das Abnehmen von stressigen Faktoren (u.a. Staus oder sinnlose Pendelzeiten), sowie von permanentem Druck (z.B. sich auf das Materielle zu konzentrieren, sich repräsentative Objekte besorgen zu ‚müssen' - sei es, um sich besser als andere darzustellen oder einfach nur dazuzugehören), hat ein befreiendes Gefühl in jedem Einzelnen hervorgebracht. Die Menschen agieren und interagieren jetzt gelassener, sie sind ausgeglichener und in Frieden mit sich und der Welt. Sie fühlen sich gehört, respektiert und zugehörig, dafür schenken sie auch anderen stets Gehör und Respekt. Vor allem sind sie sich ihres Wertes bewusst und lassen sich nicht mehr klein, schuldig und mangelhaft abstempeln - sei es vom Chef, Präsidenten, Kanzler, Pfarrer oder Werbespot.

C. beamt sich aus dem virtuellen Saal raus und geht zu ihrer kleinen inspirativen Pause über: ein paar Koordinationsübungen, um die Gehirnhemisphären in Einklang zu bringen, kurz einen Waschmaschinengang starten, einige Bewegungsabläufe als Ausgleich zu ihrer Sofa-Sitzzeit, ihren Apfelschalentee zubereiten, eine kurze meditative Kontemplation ihrer Kunstsammlung, fünf Minuten Atem-Joga, ein paar Äpfel für den Nachmittag behutsam zuschneiden... Nach dieser energetischen Volltankung fühlt sie sich bereit für ihren wöchentlichen Basic Facts Files-Check. Sie kommt zu ihrem Bildschirm zurück und startet das BFF-Programm, dessen Ziel es ist, niedrige Instinkte und riskante

Verallgemeinerungen durch Basiswissen und allgemeines Verständnis der Welt zu ersetzen.

Genauso wie bei allen Weiterbildungskursen wird sie zuerst über clever gestaltete Kurzvideos in 3-5 Themen eingeführt. Es werden vertrauenswürdige Statistiken dargestellt, wissenschaftliche Fakten und pragmatische Sachverhalte verständlich dargelegt, Zusammenhänge sachlich erklärt. Mal geht es um die Weltbevölkerung, mal um das globale Klima, mal um die Stromversorgung, mal um die Artenvielfalt, mal um die Naturressourcen, mal um den Energiewandel... Die Themen sind unendlich vielfältig. Es werden Basisinformationen dezentral aufbereitet. Jeder darf und soll je nach persönlichem Interesse mitmachen, sich seinem Herzensthema widmen, seine synthetische Kompetenz zur vereinfachten Zusammenfassung zur Verfügung stellen oder sich bei dem technischen Zusammenschnitt oder der kritischen Aufwertung einbringen. Fakt ist, dass das BFF-Modell sich sowohl auf das allgegenwärtige bürgerliche Engagement als auf die Stärke der dezentralen Sachlichkeit stützt. Es preist die Weisheit vieler, während es jedem hilft, der immer zunehmenden Schnelligkeit und Komplexität der Welt stets gewachsen zu sein.

Nebst spezialisierter Beteiligung jedes Einzelnen bringt das System wichtige Themen sachlich und in kondensierter Form allen Mitmenschen näher. Es ist eine der wenigen nicht verhandelbaren Verpflichtungen in der neuen Balance Gesellschaft. Es fungiert gar als Schlüssel für demokratische Wahlbeteiligung. Denn Bildung und periodische Validierung der eigenen Weltansichten sind die einzig richtige Antwort auf voranschreitenden

Populismus, zunehmenden Extremismus oder gar gene-
relle Verleugnung gewesen. Und es hat sich seitdem glo-
bal bewährt und vielfach bezahlt gemacht. Die Instinkte
der Kluft, der Negativität, der Extrapolation, der Verall-
gemeinerung, des Schicksals, der Dringlichkeit sind alle-
samt zum Schweigen gebracht worden. Die Reflexe der
Angst und Schuldzuweisungen sind neu programmiert
worden. Seit der Einführung vor zehn Jahren haben Ver-
schwörungstheorien, willkürliche Anfeindungen, Rassis-
mus und Verachtung auffällig stark abgenommen. Post-
faktische Rhetoriker und populistische Möchtegern Lea-
der haben ihre naive unwissende Audienz einfach verlo-
ren und müssen sich mit Tatsachen konfrontieren, um
sich überhaupt Gehör zu verschaffen.

Bei allen offensichtlichen und nachgewiesenen Ver-
besserungen, die BFF-Checks mit sich gebracht hatten,
ist es vor allem der Spaßeffekt, den C. nicht missen will.
Sich einfach eine Stunde pro Woche mit für sie komplett
fremden Themen zu beschäftigen, die pädagogisch und
humorvoll auf den Punkt gebracht werden, gleicht einer
erfrischenden Kurzreise in unbekannte Lande. Heutige
Themen sind der Zustand der bewaldeten Flächen, die
Entwicklung der Sterberate nach Krebserkrankungen,
die Neuausrichtung der Kinoindustrie sowie die GLOCAL-
Balance - sprich die verhältnismäßige Entwicklung der
globalen versus lokalen Warenflüsse. Ein spannendes
Paket, das C. eine mit Spaß, Neugier und Abwechslung
behaftete Stunde beschert. Am Ende darf C. die erlang-
ten Erkenntnisse in einem kleinen Quiz validieren. Dieser beinhaltet zufällig ausgewählte Fragen - auch über

ihre letzten zehn Sitzungen, was regelmäßiger Wissensauffrischung dient.

Das Schöne an dem Ganzen ist die Unendlichkeit: Wissen und Themen sind so unendlich wie Galaxien. Das BFF-Modell ist eine stets wiederkehrende Struktur, in der jeder gleichwohl Sender und Empfänger ist. Jeder trägt selbst die Verantwortung - sowohl für die stetige Aktualisierung der individuell ausgewählten Themen (so was wie eine Blinkist Version von Wikipedia in Clubhouseähnlichem Format) als auch für die konsequente und disziplinierte Erweiterung des eigenen Weltbildes. Schnelllebige Themen wie IT Security und Datenhandhabung tauchen wiederkehrend auf der To-Do Liste jedes Einzelnen auf, während einige Experten einem zur Seite stehen, wenn Fakten und Meinungen schwer zu unterscheiden sind. Zur Abrundung mancher vielschichtigen Themen werden Diskussionsrunden angeboten, die die Pluralität von Meinungen und Sichtweisen zur Geltung kommen lassen. Selbstverständlich wechselt man die eigenen Fokusthemen jährlich, was einseitige Berichterstattung vermeidet und Sachlichkeit sowie Neutralität gewährleistet.

Ihren Test hat C. heute auf Anhieb bestanden, was teils an den Themen, teils an ihrer hohen Konzentrationsfähigkeit und dem klaren Geist an diesem Tag liegt. Daher entscheidet sie sich, noch eine kleine gestalterische Einheit einzubauen. Sie bastelt eine knappe Stunde an der Struktur ihres nächsten Kolloquiums und knabbert weiter ein Apfelstück nach dem anderen, ehe sie zur besten Tageszeit kurz nach draußen Luft schnappen geht. Sie läuft zügig und aufmerksam durch die nähere

Umgebung und muss feststellen, dass sie sich auch nach dieser relativ kurzen Wohnperiode ziemlich heimisch anfühlt.

Die Vielfalt an Online Anknüpf-Möglichkeiten, die lokale Interaktion mit der Community fördern, verleiht jedem Umzug die Einfachheit eines Kinderspiels. Die Ausgewogenheit zwischen global und lokal, virtuell und real ermöglicht wahrhaftig intensive Begegnungen auf allen Ebenen, während eigene Bedürfnisse und Selbstreflektion nie zu kurz kommen. Zudem haben die neue Mobilität und das Konzept des Remote-Arbeitens eine strukturelle Revolution mit sich gebracht. Wo man früher fremd irgendwo in anfahrbarer Nähe seines Arbeitsplatzes wohnen musste, darf sich jeder nach seinen momentanen Interessen und Prioritäten richten. So wohnt man das ganze Leben über immer genau da, wo man seiner individuellen Begeisterung entsprechend für den momentanen Lebensabschnitt am besten aufgehoben ist. Angehende Surfer wohnen am Ozean. Allzeitromantiker sind an den schönsten Stränden der Welt zuhause. Kulturbegeisterte tauchen physisch nach und nach in die für sie geschichtlich relevanten Stätten ein. Fans des Nachtlebens siedeln sich nahe Spaß-Meilen an, während Outdoor-Sportler und Naturfreunde die abwechslungsreichen Mittelgebirgsgegenden erkunden. Aber vor allem ist jeder die meiste Zeit genau da, wo es ihm gerade am zutreffendsten gut tut! Keine permanenten Reisepläne, um der eigenen Gegend oder dem eigenen Umfeld zu entfliehen. Keinen Reisezwang mehr, um das ‚Richtige' zu erleben: das Erwünschte ist in unmittelbare Nähe gerückt, der Zugang zu Gleichgesinnten erleichtert

worden... Die Erkundung darf jeden Tag aufs Neue be-
ginnen, ohne sich stundenlang in ein Flugzeug, eine Bahn
oder ein Auto zu quetschen. Alles hat Sinn und Zweck. Es
bringt Vereinfachung und Leichtigkeit sowie das ausge-
zeichnete Gefühl stets am richtigen Ort zu sein.

C. atmet tief durch und spürt wie ihr Herz vor Freude
hüpft. Sie hört rein, hört zu und steuert auf das naheliegende C-aReal zu.

Das C in dem Namen steht wieder einmal für ‚Crea-
tive'. Solche C-aReale waren vor ein paar Jahren überall
aus dem Boden geschossen. Da wo sich früher Shopping-
süchtige durch die Läden drängten, tobt jetzt eine Viel-
falt an kreativen Probier-Workshops, die rund um die
Uhr zum spielerischen Ausdruck der persönlichen Laune
einladen. Die Räumlichkeiten der damaligen Einkaufs-
zentren waren in wahre Erlebniszentren verwandelt wor-
den. Ob singen, tanzen, malen, schreiben, musizieren,
schauspielern, mit Legosteinen oder 3D-Druck experi-
mentieren, basteln, töpfern, turnen, Skulpturen anferti-
gen, Mosaik legen, Seil springen, Trampolin hüpfen, klet-
tern, Handwerk beschnuppern, erlernen oder perfektio-
nieren, sich haushaltsnahe Fertigkeiten aneignen, ge-
meinsam nähen, auf dem Gymnastikball Koordination
üben, in die Magie des Zirkus eintauchen... Alles geht
ganz unbekümmert on-the-fly. Das Angebot ist unbe-
grenzt und wechselt täglich. Die Räume sind technisch
ausgestattet. Als Workshopleiter bucht man sich einen
der damaligen Läden, breitet sich einen Tag oder ein
paar Stunden samt seiner Geräte und seinem Angebot
aus und genießt die vielfältigen Begegnungen und unter-
haltsamen Erfahrungen.

Einmal hereinspaziert findet sich C. in einem der damaligen Outlet-Shops wieder, der dank umfangreicher Kubatur zur Sprunghalle für jedermann umfunktioniert wurde. C. hängt spontan ihre Jacke auf und zieht ihre Schuhe aus bevor sie auf ein mittelgroßes Trampolin steigt. Nach kurzer Eingewöhnungsphase springt C. frei erfundene Figuren in die Luft. Mit der Flinkkeit eines Balls landet sie und schnellt zurück in die Höhe. Mit jedem Auf und Ab schöpft sie die Energie für eine erneute Befreiung in Richtung Decke... Sie vergisst alles um sich herum. Sie springt so, wie ihr Herz es ihr befohlen hat, sie spring sich außer Atem... Jeder Sprung übersteigt in seiner Intensität den vorherigen und vollendet ihre Wahrnehmung der Gegenwart. Sie IST einfach - und das fühlt sich so wunderbar an.

Nach ihrem spaßigen Trampolinerlebnis wandert C. frei wie ein Vogel durch das Gelände, ihre Jacke unter dem Arm. Es schlendern außer ihr noch einige Interessenten umher, doch die Menge verteilt sich schön über das geräumige Gelände, so dass alle Räume mittels grüner Leuchte zum sofortigen Erlebnis einladen. C. schaut sich das heutige Angebot an: je nach Lust, Laune und eigenem Balance-Fahrplan melden sich Mitmenschen an ihrem Give-Tag und bieten unterschiedlichste Mitmachworkshops für Spontanentschiedene und Gleichgesinnte. An der Türschwelle zu einer theatralischen Zusammenkunft springt ihr Herz wieder an. Sie betritt ohne Zurückhaltung den Raum. Es ist dieses Mal kein Improvisationstheater sondern eine einfache Ausführung des berühmten Werks ‚Der Club der toten Dichter'. Es stehen schon einige Darsteller auf der heutigen Flex-

Bühne. Ihre Ankunft erkennt der systemunterstützte Regisseur umgehend. Als sie die VR-Brille bekommt, in der in alter Souffleur-Manier der Originaltext projiziert wird, hat er ihr eine zur jetzigen Handlung passenden Rolle schon zugeteilt. Sie nimmt ihren Platz ein und fügt sich genau so spontan wie spielerisch in den Moment der Szene ein. Es geht um selbstständiges Denken und wie die Poesie als Ausdruck der Individualität dient. Es geht um die Ermunterung durch den Professor, jeden Tag seines kurzen, vergänglichen Lebens im Sinne des horazischen Mottos ‚Carpe diem' zu nutzen... Es fühlt sich wie ein Aufruf aus der Vergangenheit an, es ist wie eine Tauchreise in die tiefen Wurzeln der heutigen Freiheit... War es aber doch nur eine fast überhörte Seitennote gewesen, lang bevor es viel schlimmer werden sollte, lang bevor das große Erwachen an der Reihe gewesen war.

Nach diesem kurzen kreativen Einsatz verlässt C. erfüllt das Gelände. Sie hat es schon immer geliebt: sich in andere Zeiten und Persönlichkeiten einzufühlen, beschriebene Emotionen mit dem eigenen Ausdrucksstil zu vermischen, eine Szene frei zu interpretieren, berühmte Stücke einmal selbst mitzuspielen... alles in der Spontaneität des Augenblickes. Es ist fast schon wieder dunkel als sie ihre Wohnungstür aufschließt. Nachdem sie sich noch einen Apfel frisch zugeschnitten hat, schaut C. kurz nach den geschäftlichen Entwicklungen und beantwortet ein paar Fragen. Dann klingelt sie zur verabredeten Abstimmung durch und bespricht Sachlage und Logistik mit ihrer Projektgefährtin. Kaum legt sie auf, schaltet sie sich angenehme Musik ein und erwärmt einen viertel Liter Apfelsaft lauwarm. Was für ein weiterer fabelhafter

Tag! Sie muss sich immer wieder daran erinnern, dass so eine Freiheit vor ihrer Geburt - ja gar in ihrer Kindheit - nicht selbstverständlich war.

Doch die Technologie, die neue Mobilität und das Gesamtkonzept der Balance hatten es ermöglicht. Nun gibt es in den meisten Köpfen keine separaten Schubladen für Beruf und Leben. Man springt so graziös wie unbemerkt von einem Fokus zum nächsten und übernimmt unbewusst die jeweiligen Impulse. Alles ist miteinander verstrickt, Energie fließt stetig durch und befruchtet die jeweiligen Hirnareale wie eine fleißige Biene auf der Blumenwiese.

Sie setzt sich wieder hin und widmet sich ihrer eigenen Organisation. Denn sie ist ihr eigener Chef, leitet ihre eigene Ich-AG. Die Zeiten der festen Einstellungen in einer Firma für gesamte Lebensabschnitte oder gar das ganze Berufsleben gehören so gut wie vollkommen der Vergangenheit an.

Heute bietet man seine Talente, Fertigkeiten und Fähigkeiten dem freien Markt an. Man sucht sich die zu persönlichen Zielen passenden Aufgaben aus, begleitet auf Projektbasis ergebnisorientiere Teams und wird entsprechend vergütet. Jedes Individuum ist sein eigener Chef, darf alles anbieten und sich beliebig lange Kreativpausen gönnen. Man darf überall mitmachen, wo Chemie, Begeisterung und Ziele zueinander finden. Das zugesicherte Grundeinkommen bietet jedem Bürger das nötige Rückgrat, um seine eigene Linie zu finden und zum Leitfaden der eigenen Existenz zu machen. Doch es war eine lange Reise gewesen und erst jetzt fangen die Leute an, sich mit diesen Freiheiten wohl zu fühlen. Erst als die große Menge die neue geistige Haltung und die vollkommene Bejahung der Eigenverantwortung verinnerlicht hatte, war diese Revolution der ‚Arbeitswelt' möglich gewesen. Doch heute florieren die ‚selbstständigen' Seelen überall auf der wirtschaftlichen Landschaft. Die meisten Menschen wagen Neues - gern und oft aber vor allem aus eigener Überzeugung - und sie sind dadurch gewohnt, sich den neuen Gegebenheiten flexibel anzupassen, sich freudig und kreativ neu zu erfinden und/oder aus eigenen Fehlern zu lernen.

C. schätzt es leidenschaftlich selbst und ständig, ihr eigener Stratege, Marketingleiter, CFO wie CEO gleichzeitig zu sein. Denn was brächte es ihr, eine Schachfigur oder ein Joker im Strategiespiel eines anderen zu sein? Da würde sie sich ausgenutzt und unmündig fühlen!

Die Art der Aufgabenteilung hatte sich glücklicherweise gewandelt und damit war einiges an Selbstbemitleidung ausgestorben. Durch das neue Modell ist C. nicht nur selbstständig sondern auch ständig sie selbst. Die Arbeitswelt der 2020er Jahre war wie eine jahrhundertalte Reliquie der 2. industriellen Revolution gewesen. Doch wie ein Teenager hatte sie die radikalen Veränderungen damals noch nicht verinnerlicht, die die 3. Revolution (die der Computerisierung) mit sich gezogen hatte. Weder die Reichweite der neuen Technologien noch der lauernde Quantensprung auf der persönlichen Bewusstseinsebene waren richtig wahrgenommen worden. Die Eliten und politischen Parteien, die Firmen und ihre verlängerten Arme waren allesamt fest verankert in Denk- und Lebensmodellen des vorigen Jahrhunderts. Sie taten sich schwer, sich neu zu erfinden, beziehungsweise sich mit dem eigenen Abgang in die Bedeutungslosigkeit abzufinden. Doch die gewaltige Welle der vollständigen Digitalisierung rollte bereits unaufhaltbar. Automatisierung und Robotisierung waren in vollem Gange und das ungeahnte revolutionäre Potential der Blockchain-Technologie sollte erst später richtig begriffen werden. In Zeiten eines solchen Wandels erlebte die Welt die letzten Zuckungen von früheren Doktrinen wie die des Sozialismus. Wie ein heranreifender Erwachsener schüttelte die Gesellschaft ihre Abhängigkeit ab, löste ihre Fesseln und sprang endlich ins wahre und freie Leben.

Als sie Aufgabenvorschläge durchgeht, die am besten zu ihrem Profil und ihren Zielen passen, fängt C. an, sich potentielle zukünftige Aufgaben vorzustellen, die im Szenario ihres Lebens dann passen würden; doch bis dahin ist Zeit... Vorher gönnt sie sich eine lange Pause und freut sich einfach darauf.

Die erlebten spielerischen Einheiten passen geradezu perfekt zu diesem Montag, den sie als ihren ‚Play'-Day heute morgen in ihrer Meditation visualisiert hatte. Sie hat an ihren Projekten sowohl wie an ihrem persönlichen Drehbuch gebastelt, hat die Kraft ihres Optim'Home's genutzt, um Angefangenes zu vervollständigen, Neues zu konzipieren, Unbekanntes wahrzunehmen... Vor allem hat sie sich im C-aReal spielerisch ausprobiert und entspannt. Während sie die Wäsche aus dem Trockner nimmt und zusammenfaltet, vibriert auf ihrem Armband die Erinnerung. Sie hatte es fast vergessen. Wie passend zum Play-Day! Sie hatte sich für den heutigen Abend eine Eintrittskarte zum wichtigen Spiel ihrer Lieblingsmannschaft besorgt. Sie bereitet sich den am Ende eines jeden Apfeltags ersehnten Teller aus rohem, leicht angewärmtem Apfelmark, das mit einem Teelöffel Honig gesüßt wird. Dann zieht C. sportliche Kleidung und das passende Trikot an und begibt sich wieder Richtung Sofa.

Sie setzt sich bequem hin, holt aus der Armlehne die Augmented-Reality Brille heraus und setzt diese auf... Einmal den QR-Code ablesen und schon hat sie ihren Sitzplatz im bereits gut besuchten Stadion erreicht. Sie begrüßt freundlich ihre Sitznachbarn und fängt ungezwungen ein kurzes Gespräch an, während sie ihr Abendmahl auslöffelt. Als bald die Hymne eingestimmt wird, steht sie auf und singt aus voller Kehle mit. Die Kopfhörer sind technisch so perfektioniert worden, dass man sich genau wie im Stadion fühlt. Die AR-Brille liefert das dazu gehörige Bild in extra hoher Auflösung: es ist genau wie dort, nur daheim. Mit ihrem Becher prostet sie kurz dem Nachbarn zu ihrer Rechten zu und wettet spielerisch um das Endergebnis. Er ist ein sehr angenehmer Typ, gepflegt, süß und offen, ungefähr in ihrem Alter und auf dem Weg in die weite Welt. Er will nämlich auf einer Südinsel Kitesurfen lernen, während er sich lokal für den Ausbau erneuerbarer Energiequellen einsetzt. Da passt ja einiges auf Anhieb und C. schildert kurz ihre Pläne ehe der Schiedsrichter das Spiel anpfeift. Nach fast zwei Stunden mitfiebern steht ein ausgeglichenes 2-2 zu Buche. Keiner hat gewonnen aber das Spiel ist total spannend gewesen! Ton, Bild sowie zwischenmenschliche Interaktion sind mit AR einfach ausgezeichnet. Die Projektion ahmt ohne Verlust Livegenuss und

Stimmung nach. Sicher denken sich die Entwickler bald auch noch eine Möglichkeit aus, wie man Geruch, Geschmack und den Tastsinn in das Erlebnis einbinden kann - zumindest soweit das überhaupt wünschenswert ist. So lange begnügt C. sich mit ihrem eigenen leckeren Getränk und vermisst in keiner Weise die Gerüche eines Stadions.

Sie verabschiedet sich, schaltet die Brille ab, legt diese zur Seite und lässt sich ins Bett fallen. Kein Stau, keine Schlange, keine Transferzeit... Die Bequemlichkeit dieser luxuriösen Ära schenkt einem täglich und rücksichtsvoll qualitative Lebenszeit. Wie ein Stein schläft sie ein, gewiegt durch die zahlreichen Erlebnisse ihres Play-Montags.

Dienstag – Celebration

Converse – Circulate – Conclude
Chill – Convey – Commemorate

Starker Wind und prasselnder Regen wecken sie auf. Im Raum herrscht das schwache Licht eines dunkelgrauen Spätherbstmorgens. C. reckt sich unter der Decke, horcht spontan auf die Signale ihres Körpers und löst nach und nach ein paar kleinere Blockaden. Als die Energie wieder ungestört durch alle ihre Zellen fließt, geht C. in ihre Morgenmeditation über. Es folgen die weiteren befreienden Gewohnheiten, die sie zu der machen, die sie ist. Diese werden immer zu ihr gehören. Ihre Morgengymnastik gestaltet sie heute ein wenig kreativer und spontaner, vielleicht schon der Ausdruck ihrer Vorfreude auf das kommende Abenteuer. Vielleicht aber nur eine gefühlte Ermutigung, die vom Wind und Regen auf sie überspringen. Während das Wasser für ihre Guten-Morgen Balance-Kräutermischung vor sich hin kocht und ihr Müsli-Mix bereitgestellt wird, holt sie den Müllbeutel aus dem Eimer heraus. Der kommt nachher mit nach unten.

Beim Frühstück überfliegt sie die Neuigkeiten der Welt auf ihrem Bildschirm, indem sie in geübter Manier von der Weltansicht zur regionalen und lokalen wechselt. Sie schaut alle paar Tage durch die Nachrichten, seitdem diese wieder wahrhaft unabhängige Berichte geworden sind, die über Big Data aus unzähligen unabhängigen Quellen aufbereitet werden. Zu guter Letzt ruft C. ihr eigenes Balance Cockpit auf. Beim Anblick atmet sie tief durch. Jeden Biss und jeden Schluck ihrer Morgenmahlzeit genießend, erlebt sie gedanklich die bisherigen Etappen und Höhepunkte ihres noch kurzen Lebens. Seit sie 13 ist, arbeitet sie mit diesen Werkzeugen. Alles ist bei ihr in ihrem ganz persönlichen digitalen Aktenschrank aufbewahrt. Alles ist in dieser Form lediglich für sie sichtbar. Es kombiniert lokale Informationen mit dezentral in der Blockchain-Technologie gespeicherten Ereignissen und Kontrakten... Ja, es ist wahr, dass alles, was je über, für und durch sie erstellt wurde oder wird, lediglich digital existiert. Wahr ist es auch, dass dieses Wirrwarr an Daten aus den verschiedensten Bereichen ein komplettes Bild ihrer Persönlichkeit abgibt. Doch den Schlüssel ihres Aktenschranks besitzt sie alleine! Nur sie hat Zugriff und uneingeschränkte Sicht in die Details. Nur sie sieht ihre Auswertungen und darf aus dem Strauß der Möglichkeiten die Route und nächsten Etappenziele ausmachen. Nur sie... und nur ihre. Keinen Einblick in die Werte ihrer Mitmenschen, keinen Vergleich, keine Beeinflussung ihrer Herzensentscheidungen. Sicherlich holen sich Verwaltungen, Betreiber oder Ämter automatisch die dezentral gespeicherten Quersummen, die für den jeweiligen Befugnisbereich als relevant gelten. Es wird aber stets auf Datensicherheit geachtet und überall wird die Balance angewandt, so dass mehrere Kriterien abgefragt werden, welche einseitige Verhaltensverurteilung vermeiden.

Das war der Durchbruch der letzten Dekade gewesen. Das vorige Jahrzehnt (die sogenannten 20er Jahre) war in die Geschichte als das der Verbote und immer wieder-kehrenden Verordnungen eingegangen. Das Corona-Vi-rus, seine unzähligen Varianten sowie die nachfolgenden Viren hatten bei vielen für überwältigende Unsicherheit, beispiellose Müdigkeit sowie unbeschreibliche Sehn-sucht gesorgt. Die Eliten und Regierenden hatten ver-sucht, auf diese allgegenwärtige Mischung aus Angst und Resignation, einseitige Systeme und Regeln einzu-führen, die Bürger in eine vollkommene Durchsichtigkeit drängen wollten. Für das meist nicht eingehaltene Ver-sprechen eines Leckerbissens waren viele fast bereit ge-wesen, nachzugeben. Sie hatten sich spritzen lassen und doch nicht frei reisen dürfen, sie hatten sich preisgege-ben und doch nichts vom früheren Leben zurückerlangt. Am Ende hatte das große Erwachen doch stattgefun-den...

Dieser einmalige Versuch, die Menschen klein zu hal-ten, war durch einen gesunden Mix aus determinierter Revolte, Kompromissbereitschaft, harten Verhandlun-gen und gegenseitigem Verständnis in das fairste und si-cherste Modell der Menschheitsgeschichte umgeschrie-ben worden. Blockchain und digitale Technologien hat-ten die Basis für die Realisierung geliefert. Doch es war vor allem das Ergebnis unzähliger individueller Transfor-mationen gewesen... Die pandemischen Unsicherheiten hatten am Ende bei vielen die Bereitschaft, aber auch den Willen geweckt, eine Lebensweise im Einklang mit sich selbst, einer matrixartigen globalen Gesellschaft UND der unmittelbaren Natur zu erlangen. Die Men-schen hatten ihre Ängste verstanden und gelernt, eige-nen Wünschen und Bedürfnissen zuzuhören. Sie hatten einen Verantwortungspakt mit sich selbst abgeschlossen. So hatten u.a. Konsumdrang, Hypochondrie und Fügsamkeit ihren Überhang verloren, als immer mehr Leute den Mangel über Bord geworfen hatten. Dafür waren Freiheit, Gesundheit, Eigenverantwortung, Respekt und Selbstverwirklichung als neue Eckpfeiler aufgestellt worden. Plötzlich waren Konsumenten, Gläubiger, Anhänger und Wähler allesamt für Werbebotschaften taub geworden, die immer nur deren Unvollkommenheit als Kaufargument angaben. Nach den anfänglichen Gegendemonstrationen aller Art hatten die Zeiten endlich auf positiv geschaltet. Durch die eigene Transformation hatte jeder Einzelne verstanden, dass es nicht ausreicht, andere immer nur zu kritisieren.

C. schüttelt den Kopf, um zurück in den Moment zu gleiten. Sie weiß, dass sie diese Rückblicke immer dann so tiefgreifend erlebt, wenn sie sich einem persönlichen Meilenstein nähert. Dann erst, wenn sie am Rand ihrer nächsten Stufe steht, dreht sie sich um, genießt das Panorama ihrer persönlichen Entwicklung und empfindet tiefe Dankbarkeit für die Fortschritte der letzten zwanzig Jahre. Denn die sind es, die ihr täglich dieses wertvolle und sorgenlose Leben ermöglichen. Ihr ist aber bewusst, wie viel bis dahin geleistet wurde...

Alles hatte zu kippen gedroht: als die Aggressivität sich breit zu machen schien, als alle gegen alle und alles rebellierten... als die Abstandsregeln die Menschen entfremdet und geteilt hatten, die Corona-Viren sich aber stets neu erfanden... als viele sich einer idealisierten vorpandemischen Welt wegen bereit machten, ihre Freiheit aufzugeben und die Regierungen sich mehr und mehr mit der Entmündigung eigener Bürger abfanden... Doch der Funke, den viele in sich angefacht hatten, war der Schlüssel gewesen. Einer nach dem Anderen hatten sie sich für eine freie und selbstverantwortliche Lebensart erhoben. Es war ein stiller Protest durch schlichte aber radikale Änderung der eigenen Verhaltensweise. Sie waren nicht mehr gegen sondern FÜR: für das Leben, die Freiheit, die Liebe. Denn was brachte es ihnen, sich noch nach all den Jahren vor Viren zu verstecken, gegen den Nachbarn zu sticheln, ihre Daten an undankbare Regierungen oder Konzerne kostenlos zu verschenken? Es war die Zeit gekommen, sich FÜR ausgewogenes Leben belohnen zu lassen und die Schlüssel zum persönlichen Datenschrank selbst zu übernehmen.

C. schließt zufrieden ihre Dokumente und sehnt sich den letzten paar Schritten dieser Etappe entgegen. Sie zieht sich heute ein wenig auffallender an. Der letzte Tag bei den Kollegen im Co-Working Zentrum und die Aussicht auf die kleine Party ermuntern sie. Sie hat nie das Bedürfnis, auffallen zu wollen oder zu müssen. Sie braucht wenig Blicke, um sich bestätigt zu fühlen. Sie waren die damalige Währung einer in Mangel verhafteten Welt, die sich stets im Außen Bestätigung suchte. Heute ist sie von sich selbst überzeugt, ihre Einzigartigkeit wird bedingungslos wertgeschätzt.

Die Anerkennung kommt von den Auswertungen, welche alle in ihrer digitalen Schatztruhe gespeichert werden. Sie sind sowohl ihr Kompass, um in der Balance zu bleiben, ihr Motivationstrigger, sich daran zu halten oder zu verbessern, ihre Freikarte für spannende Erlebnisse oder erweiterte Freiheiten und nicht zuletzt eine sichere Quelle für Bonuszahlungen, mit der sie sich weitere Wünsche erfüllen darf. Doch die heute allgemein anerkannte Währung besteht aus Dankbarkeit, Respekt und Liebe.

Ihr schönes Kleid verschwindet unter einem dicken Mantel. C. kontrolliert ihr Armband, packt ihren Rollscreen ein und verlässt die Wohnung, den Müllbeutel in der Hand. Vor dem Haus ist schon die Sammelstelle. Sie weist sich aus und die Container werden entsperrt. C. verteilt die Reststoffe in den einzelnen Behältern, deren Gewicht das System umgehend speichert - genauso wie ihren Wasser-, Strom- und Heizungsverbrauch, ihre Abwassermengen und deren ‚Verschmutzungsgrad', die Energie, die ihr persönlicher Speicherplatz und ihr Streaming-Verhalten beanspruchen.

Ja: Eigenverantwortung geht über Sichtbarkeit. Nur was sichtbar ist, kann man fassen und beeinflussen. Nur so hatte sich jeder Einzelne die Auswirkungen der eigenen Gewohnheiten bewusst gemacht. Nur Bewusstsein triggert Handeln, nur Handeln hat Wirkung. So bekommt jeder eine aufbereitete Übersicht und darf hier oder da an seinem Verbrauch etwas verbessern, wenn dieser die Balance-Werte übersteigt. Selbstverständlich gewähren differenzierte Balance-Werte die nötige Flexibilität und berücksichtigen die eigene Anstrengungskraft in verschiedenen Lebensphasen. Alles, was sich in der Balance befindet ist mit den Nebenkosten abgegolten. Alles darüber hinaus muss durch angepasstes Benehmen schnellstens wieder in den Rahmen gebracht werden. Zwischenzeitlich (maximal aber drei Monate lang) darf eine Disparität durch übereifrige Wirkung in den

Bereichen Mobilität oder Sozialengagement ausgeglichen werden.

Sie läuft zur Kreuzung vor und steigt in den autonom fahrenden Wasserstoff-Bus. Durch das Fenster beobachtet sie das Leben in der Stadt. Vor einem auf Handwerk und Technik spezialisierten C-aReal versammelt sich eine Kleingruppe aufgeregter Jungs und Mädchen. Sie haben sich wohl heute für spannende Praxiserfahrungen entschieden, denkt sie kurz und freut sich, dass diese Angebote eine so breite Resonanz bei der Jugend erfahren.

Die Balance hatte es endlich ermöglicht, dass Jugendliche sich eigene Entwicklungsthemen selbst aussuchen, ihre Interessen bei Spezialisten und Liebhabern vertiefen und ihren eigenen Fahrplan durchziehen. Ja, die Eigenverantwortung hat mittlerweile auch die Jüngeren erreicht - mit unfassbar vielen positiven Konsequenzen.

Schon ist sie in der Nähe des Co-Working Gebäudes angekommen. C. steigt aus und saugt noch einmal die angenehme Stimmung des Viertels ein, bevor sie durch das E-Tor läuft und ihr Armband dem Scan entgegenhält. Der Weg zu ihrem Schreibtisch läuft am Gemeinschaftsraum vorbei, doch da bleibt ihr Herz abrupt stehen. Alle sind versammelt... Kaffee, Tee und Croissants sind für das gemeinsame Frühstück bereitgestellt. Doch zuerst nimmt jeder seinen einstudierten Platz ein und schon erklingt die Melodie des Jerusalema Lieds, das damals zum Symbol wurde. Manche singen, alle tanzen... für sie! Dieser überwältigende Moment rührt C. so sehr, dass sie Freudetränen auf ihrem Gesicht spürt.

So hat es sich etabliert: das ist der Dank für eine tolle gemeinsame Zeit, ein Ausdruck der Traurigkeit eines jeden Abschieds, ein Versprechen, sich gegenseitig nicht zu vergessen. Aber in erster Linie sorgt der Beat für Freude und Aufmunterung, weswegen er damals auch seinen viralen Durchzug erlebte. Der Tanz wird dem, der weiterzieht, gewidmet, bevor er oder sie eine kurze Rede halten darf. Danach wird der Tanz von allen gemeinsam noch einmal ausgeführt. C. bewundert, wie eingeübt die Truppe auftritt, versucht sich dieses tanzende Bild genauso einzuprägen wie die lächelnden Gesichter des Teams... Was für eine Performance! Sie klatscht Beifall so laut sie nur kann und bedankt sich zunächst bei jedem Einzelnen mit einer kurzen Umarmung. Dabei flüstert sie jedem Einzelnen ein Wort: ein Kompliment, eine Gemeinsamkeit, eine geschätzte Eigenschaft oder einfach das, wofür sie demjenigen dankt, ins Ohr. Dann tritt sie ins Zentrum, atmet tief ein und aus, hält kurz inne, ehe sie ihre Story startet... Sie hat beschlossen, einen Einblick in ihre Pläne zu gewähren. Ihre Augen beginnen zu leuchten, als sie anfängt, von den bevorstehenden Wochen zu erzählen.

Sie wird ihre erst dritte interkontinentale Reise antreten und freut sich, auf ihre ganz eigene Entdeckungsreise zu gehen. Ziele: Tulum auf der südlichen Küste Mexicos, und dann Lanzarote... einen Monat lang, zwei Länder, den Atlantik von entgegengesetzten Perspektiven... einen Rucksack, Landeskarten, Sonnenbrille, ihr Armband und ihre Begleitung... Sie wollen sich testen, ihre Beziehung, ihre Ziele, ihre Komfortzonen. Sie wollen gemeinsam Spannendes entdecken, unvergessliche

Momente erleben, die zwei geheimnisvolle Gegenden aufspüren, die indirekt einen Teil ihrer Identität geprägt hatten. Die Vorfreude ist riesig, sie haben lang auf dieses Abenteuer gespart: an Reisekilometer und Balance-Bonuspunkten... Sie haben so viel an Erfahrung und Wissen über diese Länder gesammelt. Sie wollen sich zu den Einheimischen gesellen, bei jeweils einem lokalen Projekt kurz zur Hand gehen, in die Sitten des jeweiligen Landes eintauchen.

„Wir freuen uns aber vor allem darauf, die ganze Theorie dieser zwei Ziele in ihrer ganzheitlichen Bandbreite erleben zu dürfen. Es ist das Ergebnis langjährigen Visualisierens. Es ist eine wohlverdiente Pause, ein langersehntes Abenteuer, ein Praxis-Check unserer Bindung und Wellenlänge. Und ja - diese besonders ausgeprägte Vorfreude verdanken wir der Devise unserer Zeit - ‚weniger ist mehr'. Dadurch, dass Reisen heute viel rarer vorkommt ist es wieder zu dem geworden, was es immer hatte sein sollen: etwas ganz Besonderes, etwas Erstrebenswertes, etwas Spannendes, das man mit unendlicher Dankbarkeit antritt."... deklariert C. anschließend und eröffnet von Glück erfüllt den koordinierten Abschlusstanz und das letzte gemeinsame Frühstück.

Der heutige Tourist ist in der Tat dankbar, mit Liebe, Neugier und ehrlichem Interesse gefüllt. Er reist nicht rastlos durch Länder. Er zertritt nicht geistesabwesend weit entfernte Böden, um seine Checkliste zur allgemeinen Anerkennung abzuarbeiten. Stattdessen sucht er sich bewusst seine Ziele aus und stellt den Respekt der Natur und die Begegnungen vor Ort in den Mittelpunkt. Er taucht gänzlich in die Welt seiner Gastgeber ein. Er

drückt meist seine Dankbarkeit durch bedeutsame Un-
terstützung lokaler Projekte aus, die wiederum sowohl
das eigene Netzwerk als auch den eigenen Schatz an Er-
fahrungen erweitern - und gleichzeitig das Balance
Konto veredeln.

In den Einzelgesprächen erzählt sie, dass sie nur zweimal bisher unseren schönen Kontinent verlassen hat, damals noch in elterlicher Begleitung. Sie offenbart gar einzelne Elemente ihrer weiteren Pläne. Sie freue sich ihrem Familien- und Bekanntenkreis bald einen persönlichen Besuch abzustatten. Gemeinsam wollen sie und ihr
Schatz dann ein gemeinsames Leben erproben, einen
kleinen Garten pflegen, eine Zeit lang unmittelbar an der
Natur und außerhalb der Stadt leben. Sie wollen sich ein
Tiny House als nächsten Wohnsitz aussuchen - oder vielleicht ein kleines Hausprojekt aus Beton drucken lassen
- und sich dort ausprobieren. Sie sehen diesen Schritt als
spannende Herausforderung, der Standort stehe noch
nicht final fest. Es werde aber in der Nähe von Bergen
oder eines Mittelgebirges sein, denn beide wollen nun
verstärkt klettern und wandern, ein wahrhaftiges Gefühl
für die Geheimnisse der Berge entwickeln. Sie könnte
sich gar vorstellen, eine kleinere lokale Firma zu gründen
und/oder die voranschreitende Umstellung des Berg-
tourismus auf ethische und umweltverträgliche Ange-
botsvarianten zu unterstützen.

Nein, sie wissen noch nicht, wie viel sich davon reali-
sieren lassen wird, ob es ihnen gefallen wird, ge-
schweige denn, ob sie diesen Lebensabschnitt tatsächlich gemeinsam gestalten werden. Doch es passe einfach
so viel, dass sie es unbedingt versucht haben wollen. Sie

sind sich dessen bewusst, dass jede Entscheidung inhärente Konsequenzen mit sich bringt und sind bereit, diese zu tragen. Innerlich weiß sie, dass sich überall interessante Projekte und Leute herauskristallisieren werden.

Und heute sind ja Partnerschaften Teil der Lebensabschnitte. Wenn es passt, werden Kinder zum gemeinsamen Projekt. Diese werden aber von Gemeinschaften mit erzogen, bekommen lokale Großeltern und machen selbst ihre ersten Balance Schritte, während die Eltern Zeit haben, sich weiter zu verwirklichen. Dafür wird eben das berufliche Engagement teils runterskaliert, die Erfahrungen der Zeit in ihrer Fülle genossen und der Zeitdruck bewusst rausgenommen. Man nutzt aktiv alle Dashboard-Kennzahlen seines eigenen Balance-Ausgleichs und stellt somit sicher, dass man sich selbst in keinem einzigen Moment vergisst. Sollten die Entwicklungen und Pläne der einzelnen Elternteile wieder auseinanderdriften, bedient man sich weiterer flexibler Lebensmodellen der Balance, damit jeweils alle Beteiligten Ausgeglichenheit und eigenen Zielen nachgehen können.

Die Zeit vergeht wie im Flug - wie immer, wenn alles in perfekter Harmonie verläuft. Sie sucht einen Platz, macht noch eine letzte Konferenz mit, bevor die Mittagspause schon läutet. Nach dem Essen im Bistro biegt sie kurz in ihren Lieblingsraum ab, um die Emotionen des bisherigen Tages in der Stille zu verarbeiten. Sie prägt sich Stimmung und Umgebung ein und schließt die Augen... Einen Moment einfach da sein...

Der Nachmittag besteht heute aus gegebenem Anlass hauptsächlich aus netten Gesprächen und ganz bewussten Begegnungen. So viel soziales Leben hat sie ja in den letzten Tagen nun wirklich nicht gehabt. Sie hatte es geahnt und freien Raum geschaffen. So bleiben auch auf der Beziehungsebene die beiden Seiten ihrer Waage im Gleichgewicht - Zeit für und mit sich auf der einen, gesellschaftliche Interaktion und soziale Betätigung auf der anderen. Da sie sich nicht wirklich weiter fokussieren kann, lädt sie das gesamte Kollegium ein, sich zur späteren Party wieder zu treffen und spürt das Bedürfnis draußen eine kleine Runde zu drehen. Sie verstaut ihre Habseligkeiten und geht hinaus... Wie leicht es sich anfühlt: in kaum fünf Minuten hat C. alles beisammen, und so wird es auch morgen oder übermorgen sein, wenn sie die Stadt verlassen wird.

Umzüge kommen heute sehr oft im Leben vor. Doch dass der Mensch sich besonnen hat, ist sowohl die Konsequenz als auch die Ursache. Man hat heute weniger Besitztümer und ein flexibles Mindset inne. Dadurch wird Veränderung (auch räumliche) als leichte Übung empfunden. Und da man es oft und schon immer macht, ist es einfach Teil des Lebens. So hat auch in dieser Hinsicht die Balance ihren Einzug gehalten: der Mensch hat endlich innegehalten und festgestellt, dass diese ganzen Sachen, die einem früher zwanghaft immer und überall angeboten wurden, fast alle überflüssig gewesen sind. Durch Kaufzwang, gar teils Kaufsucht war die Menschheit vor Anker gegangen. Sie hatte Flexibilität, Reaktionsfreudigkeit, Unabhängigkeit, Leichtigkeit und Bewegungsfreiheit eingebüßt. Ihr war eingetrichtert worden, sie wäre ohne diese ganzen Ansammlungen nicht wertvoll genug. Wie ein Virus hatte sich FOMO (Fear Of Missing Out) verbreitet und stetig selbstständig vermehrt, wie Viren es für gewöhnlich tun. An sich war aber der Mensch die Ursache. Er war derjenige gewesen, der sich als Wirt nicht lösen könnte; derjenige der sich stetig vergleichen musste, um sich zu definieren, bestätigen oder rechtfertigen. Einmal der Vergleich aus den Köpfen verbannt, hatte nichts mehr im Wege der Freizügigkeit und Selbstbestimmung gestanden. Doch das Ganze war nicht mehr das ruhelose Reisen von früher, es war verlangsamt, durchdacht, voller Achtsamkeit, genussvoller... Die Last des Hausrats wurde über Bord geworfen, zusammen mit ihr die tausend Sachen, die man einfach ,nur so' hatte und nie richtig nutzte. Wie Kinder heute wieder ganz wenige Spielzeuge haben, kommen die meisten Erwachsenen mit unter 300 (manche Optimierer gar mit maximal 64) persönlichen Sachen aus. Diese Leichtigkeit regt Kreativität und Spontaneität an!

C. läuft durch das Viertel, beobachtet Leute, Bewegungen und Zusammenkünfte. Wie beim ersten Mal bewundert sie das architektonisch sehr gelungene Ensemble, das sich harmonisch mit dem älteren Kern vermischt. Beides gewinnt durch die Anwesenheit des Anderen... genauso wie bei jeder Begegnung in dieser bewussten Zeit... Das Wetter zeigt sich heute Nachmittag von angenehmerer Seite und so beschließt C. sich noch kurz zu setzen. Sie genießt die nächste Stunde als Zuschauerin des Geschehens und fasst einen Entschluss. Heute wird sie den Schleier um ihr C. lüften. Denn auch sie hatte früher einen aus mehreren Buchstaben bestehenden Vornamen.

Der Wind nimmt wieder zu und so entscheidet sich C. spontan für ein kurzes Eintauchen in die Kulturwelt. Die Galerie der Digitalen Künste befindet sich gleich um die Ecke. Sie überprüft kurz die Auslastungsampel online, bevor sie dahin steuert. Ihr Armband zeigt sie der Pforte am Eingang, ein fröhliches Bing bestätigt ihre Erfassung... wie immer, wie überall. Doch seit diese Datensammlungen einem auch etwas nutzen, ist jeder zum Manager seiner Balance geworden. Was sichtbar gemacht wird, darf man beeinflussen. Es wird zum Motivator, zum Augenöffner. Es zieht Belohnung oder Warnung mit sich. Doch erst dieses transparente Bewusstsein ermöglicht die Eigenverantwortung... Genug philosophiert, sie verlässt Logik und Vernunft und lässt sich von der Magie der Kunst verführen. Sie verliert sich in der Schönheit und genießt die Vielfalt der Werke dieser noch relativ neuen Richtung. Sie bewundert die Kreativität, die hier zutage gebracht wird und atmet die ubiquitäre Inspiration ein. Durch Vibrieren holt ihr Armband sie in den 3D-Raum zurück. Es ist Zeit sich auf dem Weg zur C-Party zu machen. Solche Partys finden mittlerweile überall monatlich statt. Sogar Dörfer feiern ihre C-Partys. Und das hat die Welt auch ihr zu verdanken. Darauf ist sie mächtig stolz.

Als sie neun wurde, trieb sich die nächste Pandemie noch immer in der Welt herum. Langsam aber sicher hatten die Menschen verstanden und akzeptiert. Sie machten sich an innovative Lösungen, starteten ihre eigene innere Transformation und ‚glocale' Neuorientierung. Doch es war erst der Anfang der Befreiung. Gesichter und Lächeln mussten sich immer noch hinter einer Maske verstecken. Kinder konnten schon keine Launen mehr auf den Mienen ihrer Angesichter deuten. Viele waren scheu und vorsichtig geworden, liefen geradeaus und vermieden Kontakte. Die Modeindustrie hatte genau wie Brauereien oder Airlines katastrophale Reperkussionen erlitten und stand vor der eigenen Zerrüttung. Als kleines Mädchen hatte sie ihren Draht zur Mode aus Beobachtungen von Mutter und Schwester gefunden. Mit kühner Kreativität hatte C. das Konzept eines Tages in ihrer Game-Changer-Gruppe vorgestellt. Es war einfach und sollte gleich mehrere Ansatzpunkte aktivieren. Den Menschen gab es eine abstandskonforme Chance, neuen Personen auch physisch zu begegnen. Spielerisch einfach könnte man ,Matches' ausfindig machen (also zur eigenen Persönlichkeit passende Bekanntschaften). Man fand gezielt zutreffende Gesprächspartner, man hatte sofort Ansatzpunkte für eine kurze Diskussion. Man konnte auf Anhieb die Chemie spüren. Mit den C-Shirts ging das alles leicht und unbeschwert, obwohl jeder damals noch diesen dämlichen Mundschutz trug.

Der Zauber bestand darin, dass jeder Teilnehmer ein C-Shirt tragen sollte. Die gab es in einer Handvoll helleren Farben und in einigen pfiffigen Designs. Doch das Motiv auf der Vorderseite ergab immer ein C. Dieses C bestand wiederum aus fünf Quadraten... Das Obere war immer ein Eigenporträt - ein beliebiges Bild des eigenen Gesichts - unmaskiert versteht sich, freundlich und lächelnd. Das untere Quadrat war stets ein QR-Code, der bei längerer Unterhaltung gescannt wurde, damals leider noch, um den Kontaktrichtlinien zu entsprechen. Doch bei den heutigen C-Shirt Begegnungen wird man auf die Profilseite des Gegenübers geleitet, wo man nach der Party bei Interesse ein wenig mehr über die kennengelernte Person erfahren darf und leicht in Kontakt bleiben kann. Jeder hat heutzutage eine sogenannte C-Seite online, die für gescannte Kontakte freigeschaltet wird. Doch diese verhelfen lediglich zu schnellerem gegenseitigen Verständnis und tieferem ehrlichen Kennenlernen. Heute sind Tratsch und Klatsch endlich aus der Mode. Ohne Vergleiche gibt es hierfür keinen Bedarf. Zudem ist es eine weitverbreitete Erkenntnis, dass man sich damit eine Menge Zeit spart, die man viel sinnvoller in sich selbst, sein eigenes Wohl und seine Ziele investiert. Die drei übereinanderstehenden Quadrate dürfen frei gestaltet werden. Meist werden Bilder des eigenen Hobbys dargestellt, Worte eines Lieblingssongs oder Gedichts abgedruckt, den eigenen Lebenssinn visualisiert, eine geliebte Blume, das Plakat eines geliebten Films, ein geliebter Ort... Es sind keine Grenzen gesetzt. C-Shirts werden immer individuell gestaltet. Sie sollen einem in seiner heutigen Laune der Außenwelt hürdenfrei und abstandsicher vorstellen. Sie verlinken geschickt Online und Offline Welt und schaffen Hemmungen aus dem Weg. Neben dem C. steht wahlweise ‚for', ‚as' oder ‚4' in kleinerer Schrift, gefolgt von einem vom Subjekt ausgewählten C-Wort, welches darunter erscheint - ein meist englischer Begriff, der mit C anfängt.

C. for Consciousness, C. for Culture, C. for Challenge, C. for Clarity, C. for Chance, C. for Choice, C. for Change, Concept, Can-Attitude, Constellation, Calm, Common, Countryside, Charming, Comic, Cleverness, Controversy, Conversation, Causality, Constitution, Confidence, Cool, Chocolate, Communication, Compromise, Cooperation, Community, Celebration, CREATIVITY...

Damals waren sie ein voller Erfolg gewesen. C-Shirts hatten eine spielerische Abkürzung geboten, zu vertrauensvollem zwischenmenschlichen Treffen zurückzukehren - im Rahmen der lokal gültigen Corona-Verordnungen versteht sich. C-Shirts waren ein Symbol für Hoffnung und Neuanfang geworden. Sie waren der Beginn einer neuen Ära, die sich bald von Oberflächlichkeit und Verachtung verabschieden würde.

Von der technischen Seite hatten C-Shirts den Startschuss für die Transformation der Modebranche gegeben. Lange Monate waren Läden geschlossen geblieben, Kunden hatten sich das Shoppen abgewöhnt. Die Lager waren voll von Artikeln, die zur aktuellen Saison nicht mehr passten. Milliarden Klamotten stapelten sich in Asien und in Zwischenlagern zu Berge. Verzweiflung machte sich in der Branche breit, Tonnen von Material wurden heimlich verbrannt. Es war an der Zeit, die Stoffkreisläufe zu durchbrechen. Einen Ansatz boten C-Shirts: einige Standard-Designs in fünf Farben und allen gängigen Größen, alles aus Bio-Baumwolle kontrollierter Erzeugung. Die Lager konnten optimiert bestückt und disponiert werden. Dazu eine einfache Onlineplattform mit dem Standard-Layout, auf der jeder seine Quadrate nach Lust und Laune seines Herzens gestalten durfte. Eine dezentralisierte Produktionsstätte (Print-on-Demand) pro Land oder Region. Und schon lief das neue Business-Model. Die Menschen hatten sich darauf wie auf warme Brötchen gestürzt. Sie hatten es genossen, sich verschiedene Versionen einfallen zu lassen, ihre ganz persönlichen Zeichen und Überzeugungen auszudrucken und kundzutun. Seitdem lieben es die meisten Individuen, stolz ihre persönliche Marke zu tragen - statt kostenlose herumlaufende Werbeträger zu sein.

Heutzutage ist die Modeindustrie unverkennbar. Wo früher Kleiderstangen und Regale voller Bestände waren, warten freundliche E-Schneiderinnen, die nach kurzen Bedarfserläuterungen mittels modernen Laser- und Designtools individuelles Prêt-à-porter auf Maß und Wunsch gestalten. Danach werden die Stücke aus recycelten Stoffen von 3D-Druckern passend gedruckt oder samt ausgewähltem Stoff an das dezentrale Näher*innen-Netz geschickt. Das Modegeschäft ist nobel und persönlich geworden. Der Kunde erspürt und definiert seinen Bedarf in guter ‚weniger ist mehr' Manier, bevor er sich seinen individuellen Termin reserviert... Es ist wie ein Click & Meet Termin, allerdings mit einem ganz persönlichen Berater statt mit Standardkleidern von der Stange.

C. hat sich heute für eine ziemlich coole C-Shirt-Version entschieden. Sie zieht schnell das taillierte Oberteil über ihr Kleid und betritt das reservierte Erdgeschoss eines ehemaligen Warenhauses. Licht und Musik inszenieren seit eh und je die bezaubernde Stimmung der C-Partys. Es sind schon viele Leute da und Gespräche sind in vollem Gange. 17:00 bis 20:00 Uhr ist das gewöhnliche Zeitfenster der C-Partys - meistens dienstags, manchmal auch donnerstags. Der Name wurde damals einheitlich gewählt - einen verstohlenen Hinweis an sie, die einst die Idee hervorbrachte, gleichwohl eine Andeutung auf ihr C., wie auch ein subtiles Wort- oder Hörspiel, der See-Shirt suggeriert: ‚Die Shirts, die Dich und Deine Persönlichkeit sichtbar machen.'

C. läuft ein wenig herum und unterhält sich kurz mit ein paar Partybesuchern. Es macht Spaß, jetzt sogar noch mehr, seit man wieder freie Gesichter sieht. Deswegen wird das obere Quadrat heute oft mit einem lustigen oder bedeutsamen Foto belegt. C. ist bei jeder von ihr beigewohnten C-Party natürlich Ehrengast. Sie hat sich daran gewöhnt und hält mittlerweile diese Reden ganz gerne. Wie immer werden simultan stattfindende C-Partys aus aller Welt dazu geschaltet. Heute wird es eine ganz besondere Rede werden. Denn sie hat sich entschieden. So sehr hat sie die Zeit hier genossen, dass es sich gut anfühlt, ein wenig ihrer Geschichte hier und jetzt zu enthüllen.

„Guten Abend liebe Cs. Auch wenn ich darin schon geübt bin, ist es dieses Mal etwas Besonderes. Es ist fürs Erste meine letzte C-Party in dieser Stadt. Ich danke euch von Herzen für die vielen gemeinsamen Stunden, die ich persönlich sehr genossen habe. Von Zeit zu Zeit werde ich mich virtuell einklinken und ich bin sicher, dass wir uns irgendwie irgendwann irgendwo wieder begegnen werden. Somit ist es kein wirklicher Abschied. Eher die Basis unserer weiteren Verbindung... Doch bevor ihr - wie der Rest der C-Fans - mich weiterhin als C. in euren Köpfen und Herzen speichert, habe ich beschlossen euch eine kurze Geschichte zu erzählen. C for

Childhood: In dieser Anekdote geht es um meine Geburt- und Kindheitsgeschichte. Wie ihr wisst, kam ich Ende 2019 auf diese Welt. Meine Eltern hatten eine schwere Phase hinter sich, doch bei einer traumhaften Erholungsreise auf den Stränden Mexicos beschlossen, ein zweites Kind zu bekommen. C. for Couple: nur sie beide, in der weiten Ferne, gewiegt in der Romantik der Abendwärme, die Augen auf den Ozean gerichtet, die Füße im lauwarmen Sand. C. for Commitment: auf diese herzgeleitete Entscheidung hatten sie mit zwei Flaschen lokalem Bier angestoßen...

Als meine Mutter über ein Jahr später schwanger wurde, hatten meine Eltern schon die nächste Reise geplant: Lanzarote. Erst im Spätfrühling auf den Kanarischen Inseln erzählte C.s Mutter ihrem Mann von ihrem gemeinsamen Glück... Sie hatte geheimnisvoll eine Wanderung organisiert. Sie waren auf den höchsten Punkt auf der Nordseite der Insel gestiegen... Einmal die 609 Höhenmeter auf den Vulkan erklommen, hatte sie zwei Flaschen mexikanisches Bier aus der Kühltasche geholt... Nicht dass dieses besonders schmackhaft gewesen wäre, doch sie hatte ihm diesen durstlöschenden Hinweis geliefert. Dazu hatte sie zwei Verse rezitiert und ihn anschließend geküsst...

‚Wir stehen umschlungen im Fenster, sie sehen uns von der Straße, es ist Zeit, dass man weiß.'

C. for Convey, Confidence, Communication... Er hatte gleich verstanden, sie innig umarmt und seine unendliche Freude kundgetan."

C. atmet tief durch ehe sie weiterspricht. „Ihr fragt euch, was ein Gedicht, ein Bier und ein Vulkangipfel gemeinsam haben... Ja, natürlich mich: C.!

Aus dieser Ansammlung an ‚Circumstances' wurde ich mit DEM Namen auf diese Erde begrüßt, der die Geschichte meiner ‚Creation' verband. Man schrieb November 2019: ich erblickte das Licht der Welt, sie empfingen mich mit Liebe... ‚CORONA'..."

Ein Staunen geht durch die Audienz; ein kollektives Ausatmen, welches einige Fragezeichen auszulösen scheint. C. lässt bewusst das Ganze sacken, nimmt sich einen Schluck Wasser, eher sie wieder ansetzt.

„CORONA wurde ich allerdings lediglich 14 Wochen genannt. Dann wurde es für meine Eltern unmöglich mich irgendwo in der Öffentlichkeit zu rufen oder über mich zu erzählen... Dieser wunderschöne Name, der gleichwohl unendlich vieles andere bezeichnet, verkam von heute auf morgen zum Unwort. Vergessen wurden sowohl der Strahlenkranz der Sonne, das Lied ‚Rhythm of the night´, die Schutzpatronin des Geldes, der Lorbeerkranz der Feldherren, der amerikanische Spionagesatellit der 1960er Jahre, die tragbare schwarze Corona 3 Schreibmaschine von 1912, französischen Edeluhren, Sternkonstellation, Sportmannschaften aus Polen und Rumänien, das Corona-Magazin für Science Fiction Fans. Soviel in der Welt hatte schon dieser bis dahin positiv und vielfältig behaftete Name bedeutet. Anno 2020 markierte jedoch einen plötzlichen Bruch. Als 3,5-monatiges Mädchen wurde mir mein Vorname entzogen. ‚Collateral Effect'. Meine Eltern fingen an, mich C. zu nennen

- in der Hoffnung, dass die ‚Crisis' nur von kurzer Dauer sein würde. Die Geschichte belehrte alle eines Besseren. Von diesem Zeitpunkt an und für einige lange Jahre implizierte ‚Corona' nur noch Kranken- und Todeszahlen, Virus und Krise, Verbote und Pleiten, Debatten und Debakel. Gefühlt wurde das Wort jede zwei Minuten in den Medien erwähnt. Die Übersättigung war perfekt und wirkte lange nach... Bei ‚Corona' standen Haare zu Berge, schlossen sich die meisten Ohren und erregten sich die Gemüter. Täglich hörte es jeder über zweihundert Mal... Corona-Hilfen, Corona-Impfen, Corona-Abstand, Corona-Opfer, Corona-Statistik, Corona-Tests, Corona-Verordnung, Corona-dies, Corona-das. MEIN Vorname war nur noch mit Problemen assoziiert und wurde fast zwei lange Jahrzehnte diesen Beiklang nicht mehr los. Die einen hatten Angst, die anderen regten sich über Einschränkungen auf, Familien und Freunde stritten über radikal entfernte Positionen...

Ich habe dann meine Identität als C. erschaffen. Ich teile diesen wundervollen Buchstaben mit meinem ersten Unternehmen. Ich bin C., und stolz darauf! Nun wisst ihr aber auch, dass es nicht am alphabetischen Geiz meiner Eltern gelegen hat!" Erleichterung und Freude machen sich auf C.'s Gesicht breit. Anerkennung und verständnisvolle Blicke machen die Runde, bis ein gemeinsames „Hoch soll C. leben, hoch soll sie leben" lautstark erklingt und in Beifall übergeht. „Champagner für Alle!"

Punkt 20:00 Uhr endet jede C-Party. Sie sollen kurz und knackig bleiben und insgeheim an die vielen Sperrstunden erinnern. Die Anwesenden verabschieden sich und scannen sich noch hier und da gegenseitig. C. greift ihre Tasche und freut sich auf den Heimweg. Sie läuft und läuft, freut sich über die kalte Luft und verarbeitet die emotionsgeladenen Momente des Tages. Kurz vor ihrem Block spürt sie schließlich doch den Hunger, der sich in ihrem Bauch bemerkbar macht. Sie checkt die E-Dinner Plattform und findet genau das Richtige! Eine spontane Anmeldung, drei Minuten bis dahin. Flinke unkomplizierte Welt!

Das Konzept des Shared-Cookings hatte sich aus der Not etabliert. Sehr viele Bistros, Restaurants und Gaststätten waren in der Krise von der Bildfläche verschwunden. Parallel hatte sich das neue Ernährungsbewusstsein ausgeweitet, so dass viele besonders auf qualitative Zutaten achten. So verbinden sich Gleichgesinnte aus einer Gegend und bieten eine oder zwei Portionen ihres Tagesgerichts zur Mitnahme an. Man spart Zeit, indem man seltener selber kocht. Zusätzlich lernt man nette Leute im Viertel kennen. Durch die Vielfalt der Geschmäcker ergibt sich ein breitangelegtes Angebot. Jeder der mitmacht, verpflichtet sich, ausschließlich bio und regionale Komponenten zu benutzen. So bekommt man gesundes leckeres *Essen aus der Hausküche ohne jeden Tag selbst frisch zu kochen.*

C. klingelt und wird hereingebeten. Die ältere Dame hat heute ein aromatisches Linsen-Mangold-Curry gezaubert. C. genießt dieses Gericht besonders gern. Sie holt ihre Klappbox aus ihrer Tasche heraus, die Portion wird eingefüllt. Dann scannen sich die beiden gegenseitig. Irgendwo in der Blockchain wird der ‚Vertrag' validiert und das ‚Entgelt' übergeht im Nu auf das Digital-

Konto der Dame, so lange die Frauen ihr kurzes Gespräch führen.

Zuhause angekommen erwärmt sich C. das Essen ein wenig und schaltet eine entspannende Playlist ein, ehe sie die leckere hausgemachte Mahlzeit genießt. Dabei bewundert C. die gegenüberliegende Wand mit den drei auf Leinwand gedruckten Sprichworten, ohne aber wirklich darüber zu sinnieren. Der Abend bleibt heute kurz. So viele Emotionen hat der Tag geboten, dass C. zügig auf der Couch eindöst.

Mittwoch – Challenge

Circuit – Collect – Clean
Climb – Change – Cuddle

E s ist Mittwoch! C. springt mit voller Begeisterung aus dem Bett. Sie hat sich diese Woche (wie so oft) den Mittwoch für ihren Outdoor Tag ausgesucht. Sie nennt ihn C-Tag als wäre er ihr ganz persönlicher Tag.

Doch jeder darf ihn wöchentlich dann legen, wann es am besten passt und/oder es sich stimmig anfühlt. Allerdings empfehlen die Balanceleitsätze wärmstens Jedem, wöchentlich einen ganzen Tag in der Natur zu verbringen. In diesem Fall entspricht ein Tag acht Stunden - ein Andenken an die damalige Regel-Arbeitszeit. Diesem Go4Nature Tag wird in den eigenen Balance-Auswertungen relativ viel Gewichtung beigemessen. Denn Luft und Natur bedeuten Leben und Bewegung, sie fördern ausgewogene Gesundheit und Lebensweise. Die eigenen Balancedaten erinnern einen an diese wichtige, wöchentlich wiederkehrende Betätigung. Man erhält Vorschläge oder darf sich selbst interessante Ziele in der näheren Umgebung aussuchen. Man schaltet die Aktivität am Armband ein und startet. Es steht einem frei, das Fahrrad oder Skates zu benutzen, oder sich den Tag entschleunigt per pedes zu gestalten.

C. ist zu dieser Jahreszeit liebend gern zu Fuß unterwegs. Die Tage sind Mitte November schon recht kurz.

Zudem bringt eine Fußwanderung in der Natur so viel, dass C. an diesen Tagen gerne auf ihre Morgenroutine verzichtet. Nach kurzem Waschen nimmt C. ihr Morgenmüsli zu sich. Danach gießt sie sich einen vollen Esslöffel Olivenöl in den Mund. Lange Zeit war das Ölziehen in Vergessenheit geraten, doch seit den 20er Jahren erlebt diese Entgiftungsmethode ein erstaunliches Comeback. Beim Ölziehen bewegt man eine kleine Menge Öl im Mund minutenlang hin und her, um dadurch Bakterien und gesundheitsschädliche Stoffe zu binden und anschließend loszuwerden. Ölziehen verspricht weiße Zähne, soll aber auch gegen verschiedene Krankheiten wie Migräne, Asthma und Herzprobleme helfen. Das Verfahren, das auch Ölkur oder Oil-Pulling genannt wird, geht auf die jahrtausendealte ayurvedische Lehre zurück, eine traditionelle indische Heilkunst. Während sie das Öl bewusst durch ihren Mund ‚ziehen' lässt, sammelt C. die Utensilien, die sie heute brauchen wird. Sie hat sich vorgenommen, den heutigen Tag in zwei Abschnitte aufzuteilen. Heute Morgen will sie ihre ‚Give-Back' Balance ausbessern, heute Nachmittag ihre eigenen Grenzen austesten.

Nach einigen Minuten spuckt sie das Gemisch aus und spült zweimal ihren Mund mit lauwarmem Wasser aus. Als sie sich aufrichtet, kommt ein tiefer Atemzug heraus. Ölziehen hat bei ihr immer diese tiefentspannende Wirkung. Noch ein tiefer Atemzug... dann ist sie bereit für den Tag. Sie fühlt sich voller Vorfreude, zieht ihre winterliche Sportkleidung und bequeme Sportschuhe an. Punkt 9:00 Uhr verlässt C. das Gebäude, ihren kleinen Outdoor-Rucksack auf dem Rücken.

Sie steuert sofort Stadt auswärts, sie will dort eine neue Ecke entdecken. Laufend holt sie den großen Beutel und die kleine Faltzange raus, die sie mit eingepackt hat. Im nächsten Moment fängt ihre Vormittagsaufgabe auch schon an. Sie verhält sich bei jedem Schritt aufmerksam, fühlt den Untergrund während ihr Blick auf den Weg gefesselt ist. Jedes Papier, jedes Abfallstück wird vom Weg geräumt. Sie veranstaltet praktisch immer wieder ihre ganz individuelle ‚Putzete' Stunden, wie die Schwaben es nennen. Dabei sammelt C. alles, was ihr unter die Füße kommt und nicht natürlich dahin gehört. Selbstverständlich machen dies hier und da auch die selbstgesteuerten Roboter, doch sie möchte diesen persönlichen Beitrag zur allgegenwärtigen Sauberkeit nicht missen.

Es liegt heutzutage zwar viel weniger Müll rum, als es in den konsumgeprägten Jahren der Fall war. Durch verbreitete Bewusstheit, Freude am einfachen Kochen auf Basis naturbehafteter Zutaten sowie optimierten Einkauf- und Liefermodellen benutzt man heute im Endeffekt viel weniger Plastik und wegwerfbare Verpackungen. Die ersten wesentlichsten Schritte zur sauberen Umwelt waren damals der immer schlechter werdende Ruf der To-Go-Gewohnheiten sowie das viel zu späte Verbot von blauen OP-Masken für den breiten Verbrauch. Doch es gibt ja noch immer einige, die sich der Balance noch nicht zugehörig fühlen. Zudem kommt es trotz aller Achtsamkeit immer wieder vor, dass jemand ungewollt etwas auf dem Weg verliert.

C. läuft für ihr Leben gerne mit Zange und Tüte. Wie ein Kind erfreut sie sich an jedem Teilchen, das sie einsammeln darf. Die verbreitete Balance Verhaltensweise hat durchaus vielseitige umweltfreundliche Auswirkungen, die sich langsam aber sicher bemerkbar machen.

In der letzten Dekade hat sich die Umwelt generell erholt. Reduzierte CO2-Emissionen sorgen für reinere Luft. Seltenere Flüge, E-Fahrzeuge und wasserstoffbetriebene Lastzüge haben den Geräuschpegel um ein Vielfaches gesenkt. Zudem haben Interesse und Engagement für die Entwicklung moderner Technologien deutlich zugenommen. Smarte Lösungen, weniger Schadstoffe in Produkten, reduzierte Abfallmengen, optimiertes Recycling, grünere Energiequellen, geregelter Tourismus, balanciertes Leben im Allgemeinen... Das alles sind Faktoren, die die Umwelt entscheidend entlastet haben. Seitdem Menschen Ansammlungen eher vermeiden und sich Balance und Verbesserung statt Konsum und Verkommenheit verschreiben, hat die Welt begonnen, ihr Gleichgewicht wiederzuerlangen.

C.'s Beutel hat sich ein wenig gefüllt, so macht auch sie die Welt hier und heute ein wenig besser. Und das fühlt sich wundervoll an! Dabei wechseln sich Fokus und Überblick fast unbemerkt ab. Langsam erreicht sie die Grenze der Stadt. Sie möchte aber noch heute eine gute Stunde der Umwelt schenken und entscheidet sich, ein neues Viertel zu erkunden. Straße für Straße läuft sie durch dieses periphere Viertel, das erst in den 20er Jahren erbaut wurde. Die relativ moderne Architektur dieser Zeit findet sie noch immer sehr ansprechend. Die Linien sind klar, die Projekte relativ einfach und eher kubisch. Viele Fenster lassen viel Licht herein und sorgen raffiniert für helles und offenes Ambiente. Komisch nur, dass die Meisten derartigen Wohnoasen vor der Krise immer nur entfliehen wollten... Hier und da befreit sie Wege und Bürgersteige vom angewehten Müll, nähert sich jedoch bald der nächstgelegenen Sammelstation, die rund um die Stadt in regulären Abständen zur Verfügung stehen. Da meldet sie sich mit Armband an: der Beutel wird gewogen, ihre ‚Gute Tat' wird durch das Gewicht in Zahlen übersetzt und in ihrem Profil gespeichert. Viele hatten sich damals über den Vorstoß der Internet-verbundenen-Objekte (IOT - Internet of Things) geärgert oder sich ihnen widersetzt. Heute hat IOT eindeutig gewonnen. Doch die Auseinandersetzung war wichtig gewesen. Erst mit diesem wichtigen Dialog hatte die Geburtsstunde der Balance geschlagen. Es geht heute nicht mehr darum, Bürger zu kontrollieren, bevormunden, zur Kasse zu beten oder gar zu diskriminieren. Doch es wäre beinahe der Fall gewesen...

Autoritäre Staaten mit ihren disziplinierten und fügsamen Einwohnern hatten es gar schon getestet. In der westlichen Welt waren jedoch die Menschen in der letzten Minute aufgewacht und hatten diesen Paradigma-Wechsel erkämpft. Sie hatten JA zur Technologie, Daten, Messungen, Auswertungen gesagt. Sie hatten als Gegenleistung Fälschungssicherheit, Datenschutz und Privatsphäre gefordert. Sie hatten ihren guten Willen und ihre Bereitschaft sich neu zu erfinden auf die Waagschale gelegt, sich einer Algo-Diktatur wiedersetzt. Sie hatten die Eliten gezwungen, ihre Reife und Vollmündigkeit endlich anzuerkennen. Sie hatten ihre Wut verarbeitet und wie Pubertierende irgendwann verstanden, dass

Demonstrationen und Boykotte genauso wenig wie Desinteresse und Gleichgültigkeit die Gesellschaft weiterbringen. Sie hatten sich mit ihrer Vergangenheit auseinandergesetzt, Vorfahren und Regierungen ihre Ahnungslosigkeit verziehen. Sie hatten in langwierigen Verhandlungen eine akzeptable Win-Win-Win Lösung erarbeitet. Sie hatten dezentrales kodiertes Speichern gefordert und dort in den entfernten Weiten des Netzes einige NO-GO Barrieren eingerichtet. Sie hatten sich endgültig gegen ewiges Leben entschieden, hatten für bewusste, beziehungsweise unkontrollierbare künstliche Intelligenz einen harten STOPP eingebaut, für Korruption und Gier Sackgassen errichtet. Sie hatten sich für ein naturbehaftetes Leben entschieden. Sie waren einen weitreichenden Pakt eingegangen. Sie würden sich technologisch (freiwillig und bewusst) ,verfolgen' lassen, würden alle Daten dem System preisgeben und sich endgültig der Balance verpflichten. Dafür würden sie Alleinbesitzer ihrer eigenen Daten werden. Sie würden sich aber regelmäßig mit diesen - schön aufbereitet im eigenen Cockpit - konfrontieren und immerfort ihr Bestes geben. Sie würden endlich wieder Herr ihrer eigenen Zeit - und des eigenen Körpers - werden, Schöpfer ihrer eigenen Leben, Gestalter ihrer Gesundheit und ihrer Umgebung. Sie würden sich stets - jeder Einzelne - für eine bessere Gesellschaft engagieren, Umwelt und Natur pflegen und respektieren, würden dafür Anerkennung und Belohnung erhalten. Dabei würden Exzesse und Eigennutz stets vermieden werden. Das Perpetuum Mobile der Balance würde smart stets dafür sorgen - auf jeder einzelnen Ebene.

Sie hatten die Ärmel hochgekrempelt, sich gemeinsam angestrengt und die diversen Balance Eckpfeiler und Leitübersichten mitentwickelt. Sie hatten die unzähligen Komponenten, die dabei berücksichtigt werden, einzeln diskutiert, gewichtet und validiert. Es hatte so viel auf dem Spiel gestanden, dass es nicht mehr darum ging, dagegen zu sein, sondern endlich dafür. Es ging um den Neustart, um ein faires und attraktives System, in dem jeder Einzelne stets gewinnt: an Flexibilität, Freiheit, Gestaltungsmöglichkeit... Ein System, das Kriminalität und Ausbeutung konsequent auslöscht und jedem eine Perspektive bietet, sich selbst zu definieren und entwickeln. Das Model behandelt alle Menschen gleich, es erkennt ihre Gemeinsamkeiten und motiviert sie stets Gutes zu tun - für sich, ihr Umfeld und den Planeten. Es macht jede Übermacht zunichte, entwaffnet gnadenlos Verbrechen, Missbrauch, Gier und Aggression. Das bindende Glied ist die Liebe, die jeder gleichzeitig fühlen, ausstrahlen und erfahren darf. Dafür und dadurch würden die Menschen naturnah, ausgewogen und respektvoll agieren. Dafür würden sie aber bewusst menschlich, imperfekt, einzigartig und sterblich bleiben. Und ein Exit-Datum erhalten... Das war Teil der Abmachung.

Jeder wird heute genau 96 Jahre und 56 Tage alt - selbstverständlich nur wenn er bis dahin gut auf sich achtet. Die Balance bietet dafür sowohl Leitfaden als auch Fundament. Natürlich gibt es hier und da noch einzelne Krankheiten, doch die Gentechnik und Nanomedizin sind so vorangeschritten, dass sie imstande sind, nahezu jedem ein langes Leben zu schenken. Vorwiegend aber durch Achtsamkeit für den eigenen Körper, einen ausgeglichenen Lebensstil, bewusste Anwendung von Selbstheilungstechniken, smarte technologie-unterstützte E-Health-Lösungen und regelmäßigen Selbst-Checks hat jeder es in der eigenen Hand. Jeder ist sein eigener Gesundheitsmanager. Eigenverantwortung - auch für die eigene Gesundheit - bewirkt eben Wunder.

5000 Wochen FREIES Leben, um das vollkommen auszukosten, sich vielseitig auszuprobieren, abwechslungsreiche Orte zu bewohnen, sich vielfältig zu vernetzen, Außenordentliches zu bewirken. 5000 Wochen sind eine ausreichende Zeit, um wertvolle Spuren zu hinterlassen; um einen nachhaltigen Ausdruck seiner Werte, Überzeugungen und Taten der Nachwelt weiterzugeben.

Wenn das eigene rückwärtslaufende Wochenkonto zweistellig wird, darf man dann sukzessiv Abschied nehmen, seinen Nachlass organisieren, den Ausschüttungsort für seine Überreste aussuchen, die Zeremonie planen und sich in Ruhe für den eigenen Abgang vorbereiten. Man hat die Chance, der Welt noch etwas zu hinterlassen oder kurz noch das eine oder andere verrückte Unternehmen einzugehen. Man kennt den Zeitraum, entscheidet aber eigenhändig über den genauen Zeitpunkt. Das entschärft einiges an Angst und Spannung. Diese radikale Änderung beschert dem Leben eine nie da gewesene Klarheit und ermöglicht eine ganz neue Art der Gestaltung. Geruhsamkeit, Dankbarkeit, Großzügigkeit haben Einzug gehalten, da wo Rastlosigkeit, Neid und Selbstsucht früher oft herrschten.

Nach der unkomplizierten Abgabe läuft C. entschieden Richtung Wald, Felder und Natur. Automatisch überprüft sie die Abstand-App, die ihr grünes Licht zeigt.

Die Anwendung, die ihren Ursprung in den Pandemie-Jahren hat, ist eine ganz praktische Lösung. Es ermittelt - konstant und anonym - die Anzahl der Personen, die sich schon auf einem bestimmten Weg, bei einer bestimmten Sehenswürdigkeit oder in einer bestimmten Einrichtung befindet. Sie ist Garant der Balance und ermöglicht jedem, fundierte Entscheidungen zu treffen, wenn es um die eigene Route geht. Es war damals nach Monaten der Verbote und Schließungen, die einzige vertrauenswürdige Möglichkeit, sich dem normalen Leben wieder anzunähern: bewusst smarter, ganz ohne Spritze und ohne Gesichtsmaske. Hier und heute ist gewiss nicht viel los, doch die App bewirkt Wunder. Indem sie die Menschen stets für Abstand sensibilisiert, entfacht sie kreative Gestaltung. Durch sie haben viele erst gelernt, sich Ziele abseits gepriesener Pfade auszusuchen und selbstständige Routen festzulegen statt immer zu von Algorithmen getriebenen Menschenherden zuzustoßen. Sie haben angefangen, sich zu individualisieren und den Spaß am eigenen Weg wahrhaftig entdeckt. Zudem hat jeder die Chance, beeindruckende Gemälde oder kleine Naturwunder ‚für sich' auf seine Art zu erleben und genießen - ganz ohne Menschenmengen, fern von verwirrendem Geräuschpegel oder überflüssigen Kommentaren.

Es ist doch einiges an Regen in den letzten Wochen gefallen. Die Wege sind nass, die kleinen Bäche führen merklich mehr Wasser. Herbstliches Wetter hat sich definitiv niedergelassen. Nahe einer kleinen Brücke findet sie eine Bank mit atemberaubendem Weitblick. Die Sonne versucht sich zu zeigen. C. setzt sich bequem auf die vom Wind geschützte Seite und kaut häppchenweise Rohkost aus ihrer Klappbox. Sie bewundert fasziniert die Landschaft, ihr Blick verliert sich an den Kurven und Linien entlang. Nach einem großzügigen Schluck Salbeitee aus ihrer Thermoskanne, holt sie die detaillierte Landkarte dieser Gegend, die sie sich ausgedruckt hat, heraus. Diese Zuneigung für Orientierungsläufe begleitet sie seit ihren jungen Jahren. Sie fand es immer äußerst spannend sich anhand von topographischen Karten einem festgelegten Ziel anzunähern. Schon immer liebt sie es, den Weg durch Wiesen und Wälder zu finden und zu entdecken, welchen sie zuvor auf dem Papier sorgfältig ausgewählt hat. Es ist wie eine aufregende Schatzsuche. Genau das hat sie heute vor. Dabei will sie einen Hügel besteigen und umrunden, auf dem sie noch nie gewesen ist.

Diese regelmäßigen Erkundungen gehören heutzutage zum Ausgleich dazu. Die Outdoor Tage sollen auch dazu genutzt werden, die eigenen Grenzen zu erforschen und zu erweitern: einmal in Natura die eigene ‚Comfort' Zone auskitzeln. Sie sollen für jeden den Bezug zur Natur stets sicherstellen und steigern, denn nur wenn man etwas wirklich schätzt, ist man bereit und willig, sich für seinen Schutz zu engagieren.

Manchmal im Sommer nimmt sie sich vor, viele unterschiedliche gesunde Kräuter einzusammeln. Manchmal läuft sie mit Freunden, manchmal alleine. Manchmal leitet sie ihr Navigationsgerät, manchmal ist sie selbst der Pfadfinder. Manchmal nimmt sie ihr Rad. Im Winter zieht sie manchmal sogar Schneeschuhe oder Wanderskis an, wenn die Landschaft ihren weißen Mantel überzieht. Immer wieder soll ein eigener Rekord, ein selbstgestecktes Ziel erreicht werden. Die Natur bietet den perfekten Schauplatz, um sich quer, hoch oder lang zu strecken: mal mehr Höhenmeter, mal längere Strecken, mal so schnell wie möglich, mal so hoch wie es geht... oder eben eine beliebige Kombination davon.

Heute möchte C. ihre festgelegte Route so schnell wie möglich finden und durchlaufen, dabei so wenig wie möglich auf ihrer Karte nachschauen. Sie möchte sich jede Kreuzung einprägen, damit sie ein nächstes Mal einfach auf Anhieb durchkommt. Das fordert und fördert ihre Gedächtniskapazität, ihren Orientierungssinn und ihre räumliche Wahrnehmung. Das schnelle Laufen säubert ihre Arterien und trainiert ihr Herz. Schon immer genießt sie diese kleinen Sport-Challenges. Bei jedem Schritt achtet C. darauf, verschiedene Muskeln anzuspannen. Ihre Augen wechseln flink zwischen nahen Objekten und entferntem Panorama - und bekommen ihren wohlverdienten Ausgleich für die Bildschirmstunden. C.'s Outdoor Tag gleicht oft einem Allrounder-Training. Denn es ist für sie der Beweis, dass sie lebt. Sie liebt es, ihren Puls hoch und runter zu steuern, ihren Körper an seine Limits zu bringen, sich anzustrengen, um sich selbst zu beweisen, dass sie es kann... Dass sie alles kann, was sie wirklich will!

Am Ende der Wiesen steigt der Weg steil Richtung Wald und verschwindet geheimnisvoll für einige Kilometer in die Dunkelheit eines gemischten Waldes. Ein wenig Wind kommt auf, Blätter fliegen umeinander, man hört das fließende Wasser in den Bächen. Noch eine Kurve und der Weg mündet auf einem Pfad, der aus dem Waldstück hinaussteigt und sie Richtung Gipfel leitet. C. versucht ihre Grundgeschwindigkeit auch bei der Steigung beizubehalten. Das trainiert sie schon seit Jahren und hat schon einige Kollegen und Bekannte zu dieser einzigartigen Disziplin inspiriert. Ihr Herz pocht, Schweiß läuft leicht über ihre Schläfen. So ist es gut - so soll auch jeder ihrer mini-Sport-Challenges aussehen. Kein Rennen, kein Wettbewerb, kein Vergleich, keine Pflicht: lediglich die innere Motivation, der eigene Ehrgeiz, der Anreiz, ihr pochendes Herz zu spüren.

Noch hundert kurze Meter bis zum Aussichtpunkt. C. verlangsamt ihren Atem und fährt ihren Puls runter. Dann atmet sie tief durch und spürt, wie tiefe Zufriedenheit sie durchfährt. Oben auf dem Berg kann man so wundervoll zurückblicken: die Täler, die Kreuzungen, die Bank ihrer Mittagsrast... Alles sieht man perfekt von hier oben. Der Berg verkörpert Ziel und Vision auf eine so wunderbare Art. Von unten zeigt er einem die grobe Richtung, ohne jedoch einen Weg vorzuschreiben. Oben bietet er klare Luft und Rückblick. Man darf den eigenen Weg nachverfolgen, sich für Erreichtes und Errungenschaften bewusst beglückwünschen. Dazu bekommt man eine atemberaubende Belohnung: einen einmaligen Weitblick über das Gesamte, beleuchtet durch die einzigartigen Lichtkontraste des Moments.

Genau dieses Spektakel genießt jetzt auch eine kleine Gruppe, die auf dem Gipfel ihre Vier-Elemente-Wahrnehmungswanderung mit einem kleinen Umtrunk abschließt. Strahlend geht einer der Herren auf C. zu, preist die Schönheit der hiesigen Gegend und lädt sie dazu ein, kurz mit anzustoßen. Als er C. nach ihrem Namen fragt, zögert sie kurz, atmet tief durch und spürt wie ein authentisches Lächeln ihr Gesicht erobert: ‚Corona' antwortet sie knapp. Mehr Worte bedarf es hier und heute nicht. Sie öffnet ihre Jacke einen Spalt weit und offenbart bewusst ein Quadrat ihrer heutigen C-Shirt-Version: ‚Lebe Deine Einzigartigkeit!'

Nach diesem spontanen, aber richtungweisenden Intermezzo schaut sie sich kurz ihre Daten an und nimmt wieder ihre Karte zur Hand. Sie definiert die Hügelumrundung und den Rückweg, die ihren heutigen Ausflug vervollständigen werden. Bevor sie wieder startet, versucht sie, sich die Gesamtheit dieses Moments einzuprägen, lauscht den Geräuschen der Natur, saugt die Gerüche ein, lässt ihren Blick schweifen, indem sie sich um die eigene Achse dreht - 360 Grad der Horizontlinie entlang. Ein Gipfel ist immer der beste Ort, um das nächste Zwischenziel festzulegen. Er ist stets gleichzeitig der Höhepunkt einer Etappe und der Startpunkt der nächsten. Er bietet unauffällig immer eine gute Chance, die bisherige Planung zu validieren oder das nächste Etappenziel anzupassen. Aber vor allem ist es der Ort an dem man bedingungslos zufrieden durchatmen, mit einem augenblicklichen Panorama in der Einzigartigkeit des Moments zu sich kommen und einigen Minuten vollkommener Präsenz verfallen darf. C. for Completeness. Gleich wird Corona ihren Weg um den Berg und hinunter gehen. Unterwegs wird sie noch einen kurzen Halt bei ihrem persönlichen Baum einlegen.

Was für ein schöner und nachhaltiger Brauch, wie der, auf seinem Lebensweg jedem bedeutsamen Ort einen Baum zu schenken, an dem man länger als 21 Tage verweilt! So hinterlässt man sinnvoll eine Spur des eigenen Besuchs und erhält gleichzeitig eine ganz persönliche Pilgerstätte an allen entscheidenden Stationen der eigenen Verwirklichungsreise, während man nachhaltig zur Wiederaufforstung beiträgt.

Schon bald wird es dunkler werden und ihr schöner Mittwoch wird sich seinem Abend nähern. Auf dem Weg wird sie sich noch der Surf-Wellness App bedienen und sich einen kurzen Gang in eine privat bereitgestellte Infrarot-Kabine gönnen - wenn heute ihr Glückstag ist, wird es vielleicht sogar ein Saunagang sein dürfen. Auch dieser kleine ‚Vertrag' wird irgendwo in der Blockchain registriert werden. Sie wird ihren Gastgeber mit dem vereinbarten Digi-Kredit entlohnen. Daheim wird sie eine Folge ihrer Lieblingsserie laufen lassen, während sie ihren Gemüseauflauf zubereitet und in den Ofen schiebt. Sie wird kurz in ihre Badewanne für ein wirksames Basisbad eintauchen und ihren Körper schön pflegen... Zwei entfernte Nachbarn werden noch mit ihren Klappboxen vorbeischauen, um ihre jeweiligen Auflaufportionen mitzunehmen und ein wenig zu plaudern. Dabei wird sie wie immer ihre Vergütung instant erhalten...

Doch das allerschönste Ereignis wird erst gegen 21:00 Uhr geschehen, wenn es an ihrer Tür läuten wird. C. for Conjunction, for Conjoin. Grenzenlos freut sie sich darauf, ihren Schatz schon ganz bald in den Armen zu halten. C. for Cuddle. Schlussendlich werden sie face-to-face gemeinsam dinieren und von Angesicht zu

Angesicht ihre Pläne finalisieren. C. for Candelight, C. for Complete. Langersehnte Erotik und Sinnlichkeit werden in ihr Leben dauerhaft einziehen und sie auf ihren nächsten Etappenzielen begleiten: C. for Canoodle. Dabei werden die zwei genauso wie ganz viele andere Weltbürger weiter in der Balance schweben und ihre unwiderlegbaren Vorteile Tag für Tag genießen und wertschätzen. C. for Continuity, C. for Convenience, C. for Convention...

Es ist heute unumstritten, dass die Corona-Pandemie die Welt nachhaltig verändert hat. Verhaltensweisen und Zusammenwirken haben sich gewandelt. Gesundheit, Toleranz, Vertrauen und Respekt werden heute täglich und von allen gehegt und gepflegt. Sie sind die Markenzeichen der Balance. Wenn jeder darauf Acht gibt, lässt sich alles bewusst und spielerisch ausgleichen: Realität und Virtualität, Innen- und Außen-Betätigungen, Anspannung und Entspannung, Egoismus und Altruismus, Bewegung- und Sitzzeiten, Anstrengung und Erholung, Digitales und Gedrucktes, Präsenz- und Remote-Zeiten, Nehmen und Geben, Kreativität und Routine, Fleischgenuss und vegane Köstlichkeiten, Nähe und Abstand, Soziales Engagement und Selbstverwirklichung, Menschenansammlungen und selbständige Entdeckungen, Ernstes und Lustiges, Altes und Neues, Bewährtes und Innovatives, Gewohnheit und Fortschritt, Nahes und Entferntes, Globalisierung und Patriotismus, Eigenes und Gemeinsames, Regionales und Internationales, Zentrales und Dezentrales, Cloud- und Lokalspeicher, Berg und Tal, Sonne und Regen, Süßes und Herzhaftes, Ying und Yang... und all die Vielschichtigkeit der Zwischenstufen. So wie die Ayurvedische Küche unbeschwert mit den

sechs Geschmäckern spielt - Süßes, Saures, Salziges,
Scharfes, Bitteres, Herbes - erlaubt es die Balance jedem,
sich sein ganz eigenes Rezept zurechtzulegen, das am
besten zur eigenen Lebenssituation passt. Dabei er-
scheint es das Selbstverständlichste der Welt, stets auf
sich selbst und Andere zu achten, sowie Bedeutsames für
die Allgemeinheit und die Nachwelt beizutragen.

Dem Vorwand der allgemeinen Sicherheit wegen be-
fand sich der Mensch auf direktem Weg, freiwillig jegli-
che Freiheit und Selbstbestimmung abzugeben. Aus
Furcht und/oder Einfachheit in einem immer schneller
werdenden Strudel war er dabei, seine natürliche Intui-
tion zu verlernen, seinen Orientierungssinn zu vergessen,
die täglichen Botschaften und elementaren Bedürfnisse
von Körper, Geist und Seele zu ignorieren und panisch
den hastigen Bewegungen der Menge instinktiv und un-
überlegt zu folgen. Beinahe wäre er auf ähnlichen Pfad
gelangt, wie früher einmal Puten, Schweine und Kühe.
Statt mit der Leichtigkeit eines Hirschpaares bei Dunkel-
heitseinbruch spielerisch über die romantischen Wiesen
zu hüpfen, ließen sich diese einst freien Tiere quasi wi-
derstandslos orten, behandeln, füttern und lenken.

Wie schön, dass Freiheit und Selbstbestimmung sich
am Ende durchgesetzt hatten. Denn rücksichtsvolle Freiheit, gepaart mit der nötigen Portion an Eigenverantwortung, bietet Jedem von uns entscheidend mehr
Spielraum, ohne dass auch ein winziger Hauch an Sicherheit eingebüßt wird. Ohne die Bevormundung einer Ver-
kehrsampel, darf jeder selbst Hirn, Fertigkeiten, Wille
und Einfühlsamkeit anzapfen und sich an jedem Kreis-
verkehr bewusst für die passende Ausfahrt entscheiden.

Da wo Freiräume, Begeisterung und Vertrauen zusammentreffen, darf und wird Wundervolles und Innovatives entstehen.

Es liegt nie an Anderen, seien sie Diktatoren, Politiker, Berater, Influencer, Eltern oder Vorgesetzte. Es liegt in jedem Moment immer an einem selbst, sich von seinen imaginären Ketten zu befreien, den ersten kleinen Schritt zu wagen und ins Handeln zu kommen. Aus Wagnissen werden neue Gewohnheiten, aus Besinnung neue Möglichkeiten, aus Erkundungen neue Passionen, aus Initiativen Bewegungen...

In der Freiwilligkeit liegt die Kraft der Balance - sei sie nun näher an Tech-Libra-ism oder an Buddhismus 4.0. Aus einer fiktiven Zukunftsperspektive lassen sich einige kreative Alternativen spielerisch real und greifbar nah darstellen. Jedoch sind diese diversen anschaulichen Beispiele lediglich eine winzige Auswahl der oft unterschätzten Vielfalt an Alternativen; höchstens ein paar einzelne Büsche und Bäume im weiten und geheimnisvollen Wald der vielversprechenden kreativen Möglichkeiten, für die sich Jede und Jeder jeden Tag entscheiden darf.

In der Eigenverantwortung liegt der Schlüssel zu einer lebenswerteren Zukunft. Es ist nie zu spät. Es betrifft Jede und Jeden. Die Zukunft beginnt jetzt und jeder Beitrag zählt. Denn wie eine Myriade einzelner Tropfen ganze Ozeane bilden, spiegelt unsere Welt die Summe unserer aller Liebe.

Dank

Ich bedanke mich bei meinem Mann für seine vielfältige Weltansicht, seine Geduld und seine Fürsorge, bei meiner Mutter und meiner Schwiegermutter für ihre Leidenschaft für Pflanzen und Naturheilkunde.

Speziellen Dank an Anita für ihre Bereitschaft, meine erste Leserin zu sein, sowie die vielseitige Inspiration und die Ermutigung, das Buch der Welt zu schenken.

Ganz besonders danke ich meiner Lektorin Hanna für das sorgfältige Korrekturlesen, die vielen fruchtbaren Gespräche sowie ihre unzähligen anspruchsvollen Einwürfe, kritischen Hinterfragungen und ergänzenden Vorschläge.

Lob und Dankbarkeit gehen auch an meine Cousine Maud für ihre - wie immer - besondere Kreativität und ihre zutreffende Cover-Gestaltung.

Renate spreche ich meinen Dank für die spontane Validierungsrunde aus. Meinen Freunden bin ich für die inspirierenden Diskussionen sehr dankbar.

Meinen Mentoren und beispielhaften Inspirationsquellen danke ich für die breitgefächerten Einflüsse und wertvollen Inhalte, die Sender BR24 und DLF für die Vielfalt ihrer täglichen Berichte.

Meiner Familie, Nachbarn, Bekannten und unmittelbaren Gemeinschaften (lokal sowie virtuell) danke ich für den Spiegel, den sie mir täglich hinhalten, meinen Mitmenschen für ihr Dasein.

Inspirationen

Christian Bischoff – Die Kunst Dein Ding zu machen; Pyramide Lebenswerk; Unaufhaltbar; Bewusstheit sowie der DKDDZM Podcast mit seinen inspirierenden Gästen

Dr. med M.O. Bruker – Unsere Nahrung unser Schicksal

Sarah Desai – The mindful sessions Podcast

Joe Dispenza – Ein neues Ich; The Formula

Dave Eggers – The Circle

Alex Fischer – Reicher als die Geissen

Daniel Goleman – Emotional Intelligence

Yuval Noah Harari – Ein kurze Geschichte der Menschheit; Homo Deus; 21 Lektionen für das 21. Jahrhundert

Andrew Hallam – Millionaire Teacher

Dr. Gerald Hüther – www.gerald-huether.de

Dr. Albert Kitzler – www.massundmitte.de

Peter Kleylein – Erfolgreiches Leben

Dr. med. Dietrich Klinghardt – MentalFeldTechniken – ganz praktisch

Thomas Klußmann – Erfolg- und Finanzkongress

Michael Lewrick – Design Thinking

Dirk Müller – Machtbeben

Philipp Müller – Du bist die Bank

Felix Neureuther – Beweg Dich Schlau

Dieter Nuhr – Nuhr im Ersten

Anselm Pahnke – www.anselmpahnke.de

Bertrand Piccard – www.solarimpuse.com

Carina Preuß – www.mein-ayurveda-lifestyle.de

Nico Rosberg – Greentech Festival

Hans Rosling – Factfulness

Falk Saabel – Die Ninja Rente

Bodo Schäfer – Ein Hund namens Money; Ich kann das

Marcel Schlee – Mindsource

Dr. med Ernst Schrott – Die köstliche Küche des Ayur-
veda

Andre Stern – www.andrestern.com

Nicolas Vadot – www.nicolasvadot.com

Cedric Waldburger – www.cedricwaldburger.com

Bodo Wartke – Was, wenn doch?

C-Theke

Consciousness, Culture, Choice, Common, Cause, Challenge, Change, Concept, Can-Attitude, Creation, Constellation, Commonplace, Calm, Comic, Cool, Cloud, Countryside, Charming, Controversial, Cleverness, Chat, Communication, Clarity, Causality, Check, Constitution, Compromise, Community, Conversation, Celebration, Creativity, Contact, Codex, Computing, Compliment, Cordiality, Caution, Crazy, Climate, Cook, Center, Check, Cluster, Commute, Colibri, Currency, Crocodile, Count, Chameleon, Country, Cryptography, Chorus, Classic, Capture, Cover, Careful, Cement, Cubic, Count, Clown, Canvass, Croissant, Copperplate, Colorful, Charismatic, Comedy, Cartoon, Celebrity, Candid, Content, Cuisine, Cocktail, Chardonnay, Collection, Catalyst, Chance, Chapter, Choreography, Calligram, Credo, CO2, Crop, Continuation, Craft, Corner, Camping, Continent, Care, Contemplation, Cruise, Cinema, Casino, Coolness, Call, Camouflage, Causality, Curcuma, Citation, Cherry, Cold, Committee, Cute, Counterpart, Civilization, Company, Capital, Calcium, Cheer, Claptrap, Close, Crucial, Cake, Concert, Calibration, Caveat, Conversion, Connection, Correlation, Climb, Campaign, Compliance, Copyright, Consideration, Coexist, Clock, Celery, Comprehension, Configuration, Clean, Conduct, Coherence, Cello, Cope, Crystal, Conform, Crunch, Computation, Consistence, Concise, Casual, Correspond, City, Cocoon, Couch, Club, Certainty, Conjugate, Clement, Consultancy, Construct, Connotation, Champion, Carry, Curry, Citizen, Clap, Characterize, Coach, Cooperate, Correct, Chief, Cross,

Concentrate, Courier, Convoy, Chi, Cure, Crescendo, Courage, Circuit, Carapace, Conspire, Critic, Circus, Cozy, Contradict, Capacity, Cucumber, Crab, Contour, Chocolate, Convenient, Confront, Clue, Consensus, Conserve, Collate, Coral, Comport, Curtain, Crew, Chair, Courtesy, Council, Cymbal, Charter, Cart, Chew, Court, Couture, Coriander, Cancel, Costly, Carpet, Costume, Catalog, Compile, Charge, Compose, Combine, Couple, Conclude, Calculate, Chutney, Crumble, Cosmos, Chill, Circulation, Colloquium, Converge, Coordinate, Control, Culmination, Combatant, Clam, Comrade, Colleagues, Catapult, Contain, Compilation, Coalition, Cognition, Counterbalance, Cider, Comply, Cover, Comfort, Curvy, Chronic, Capitalize, Cohabit, Clumsy, Constant, Cinch, Consecutive, Children, Consignment, Childhood, Card, Circumstance, Cultivate, Coconut, Convey, Column, Command, Collective, Cinnamon, Curve, Celebrity, Car, Cabbage, Convince, Compass, Current, Celestially, Cell, Complete, Confirm, Coat, Commodity, Contract, Code, Candle, Conglomerate, Credit, Collateral, Cuddle, Col, Camembert, Contingent, Chart, Category, Cable, Circle, Calendula, Confidence, Charity, Conjoin, Conjunction, Consolidate, Cranberry, Consent, Colour, Cool down, Conference, Convention, Castle, Crown, Click, Coast, Commonsense, Canoodle, Course, Caption, Carrot, Clause, Compound, Capitol, Capture, Client, Cousin, Compassion, Comment, Calendar, Customer, Camera, Contiguous, Contribution, Congratulate, Collaborate, Capability, Come together, Commemorate, Co-create, Compelling, Congeniality, Completeness, Commit, Carpe Diem, Commence, Corona...

C-Wortwolke

C-Zitate

Die größte Hilfe miteinander umzugehen, ist das Verständnis für einander.
P. Hilgendorf

Wenn wir alles täten, wozu wir imstande sind, würden wir uns wahrscheinlich in Erstaunen versetzen.
T.A. Edison

Zusammenkommen ist ein Beginn. Zusammenbleiben ist ein Fortschritt. Zusammenarbeiten ist ein Erfolg.
H. Ford

Solidarität ist der treibende Motor einer intakten humanen Gemeinschaft.
M. Keimel

Demokratie braucht Zusammenarbeit, Gemeinschaft, Team, Solidarität und soziale Verantwortung.
J. Nusch

Ein Demokrat besitzt Teamfähigkeit. Demokratie braucht Teamplayer.

Nur wer Grenzen überschreitet, schafft neue Verbindungen.
T. Möginger

Kultur ist nicht die Zerstörung von Natur, sondern deren Pflege.
G.W. Exner

In der Kunst kommt die Praxis immer vor der Theorie.
P. Picasso

Wo alle mitgenommen werden, gibt es keine Verlierer mehr.
R. Esteban

Die wirksamste Medizin ist die natürliche Heilkraft, die im Inneren eines jeden von uns liegt.
Hippokrates

Schicksal ist nie eine Frage der Chance, sondern eine Frage der Wahl.
I. Newton

Den eigentlichen Schatz, den wir fördern müssen ist die Begeisterung am eigenen Entdecken und Gestalten.
G. Hüther

Um die Welt neu zu gestalten, müssen zuvor die Menschen sich selbst umstellen.
D. Dostojewski

Die Liebe ist ein Fest, es muss nicht nur vorbereitet sondern auch gefeiert werden.
Platon

Die höchste Stufe menschlicher Bildung ist die vollkommene Ausgeglichenheit der Seele und der maßvolle Lebenswandel.
Konfuzius

Jeder hat in tiefstem Dank derer zu gedenken, die Flammen in ihm entzündet haben.
A. Schweitzer

Respektiere Dich selbst, respektiere andere und übernehme Verantwortung für das was du tust.
Dalai Lama

Der Mensch ist nichts an sich. Er ist nur eine grenzenlose Chance. Aber er ist der grenzenlos Verantwortliche für diese Chance.
A. Camus

Der höchste Genuss besteht in der Zufriedenheit mit sich selbst.
J.J. Rousseau

Liebe ist die Blume die du wachsen lassen musst.
J. Lennon

Wie ein gut verbrachter Tag einen glücklichen Schlaf beschert, so beschert ein gut verbrachtes Leben einen glücklichen Tod.
L. Da Vinci

Niemand rettet uns, außer wir selbst. Niemand kann und niemand darf es. Wir müssen selbst den Weg gehen.
Buddha

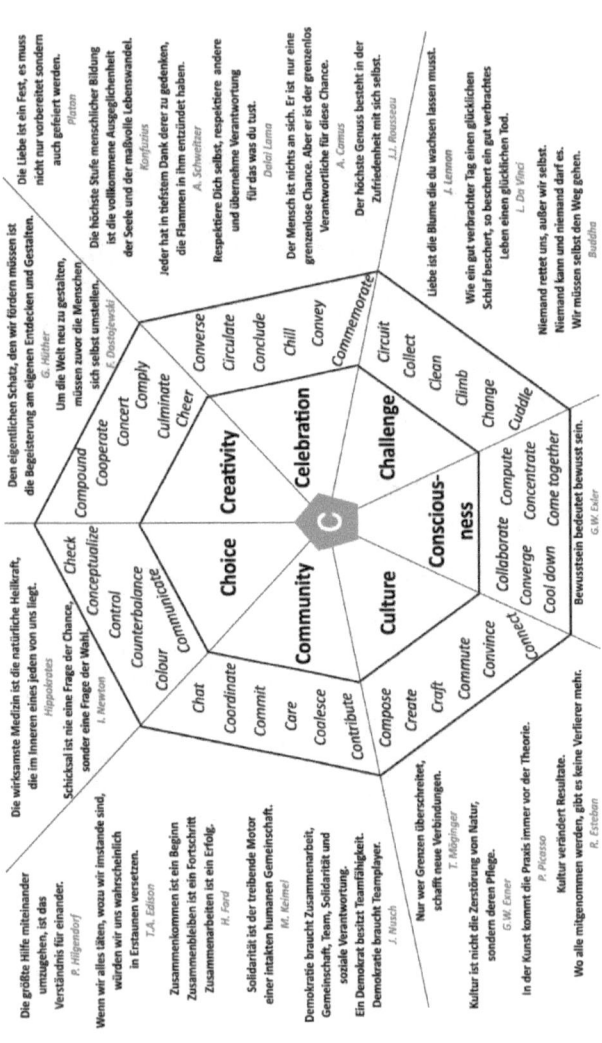

Bewusstsein bedeutet bewusst sein.
G.W. Exler

158

Balance Konzepte

Gib uns Deine Meinung und gewinne eine
Flasche CHAMPAGNER! *

Hier findest du auch die aktuellsten
Informationen zu den Balance Konzepten.

Let's CONNECT!
Wir freuen uns auf Dich.

http://bewusst-smarter.de/Balance-Concepts/

*Auslosung am 22.2.22

Das-C-Shirt

Das Shirt, das Deine Einzigartigkeit sichtbar macht!

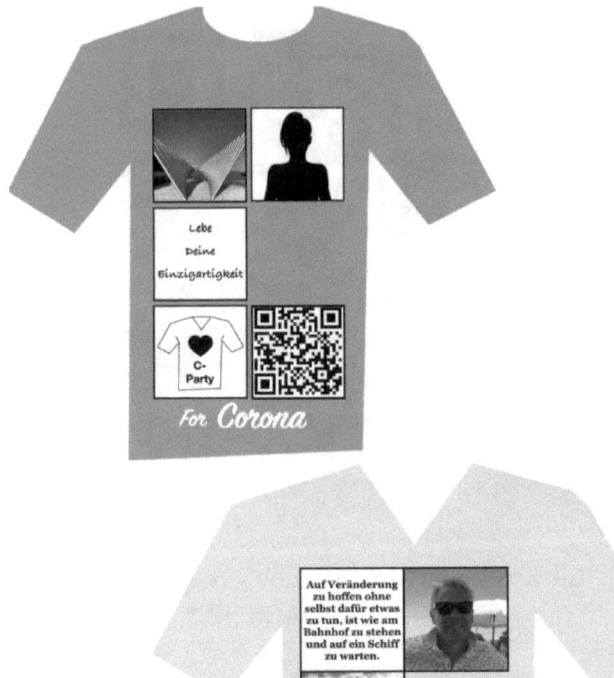

Jetzt eigenes Design gestalten: www.das-C-shirt.de

MIX

Papier | Fördert
gute Waldnutzung

FSC® C083411

Zeitfracht Medien GmbH
Ferdinand-Jühlke-Straße 7
99095 Erfurt, Deutschland
produktsicherheit@kolibri360.de